Dietmar Schlegel

HILF DIR SELBST, SONST HILFT DIR DIE POLIZEI

SATIREN

Bibliografische Information der Deutschen Nationalbibliothek:
Die Deutsche Nationalbibliothek verzeichnet diese Publikation in der Deutschen Nationalbibliografie. Detaillierte bibliografische Daten sind im Internet über http://www.d-nb.de abrufbar.
ISBN 978-3-85022-447-5

Alle Rechte der Verbreitung, auch durch Film, Funk und Fernsehen, fotomechanische Wiedergabe, Tonträger, elektronische Datenträger und auszugsweisen Nachdruck, sind vorbehalten.

© 2008 novum Verlag GmbH, Neckenmarkt · Wien · München
Lektorat: Michaela Schwarz

Gedruckt in der Europäischen Union auf umweltfreundlichem, chlor- und säurefrei gebleichtem Papier.

www.novumverlag.com

INHALTSVERZEICHNIS

Ausgespielt 6

Alles fürs Vaterland 10

Der König von Burundi 15

Schachmatt 18

Glücksspiel 22

Im Namen des Volkes 27

Verwaltung, die Zweite 33

Survival 39

Jahresringe 45

Russenmafia 52

Geheim 56

Kur 61

Die hohe Kunst der Observation 66

Die elfte Plage 72

Der Kaiser 76

Die Badetuchmafia 82

Köpenick 89

Der Jubelpolizist 93

AUSGESPIELT

Die ganze Stadt spielte verrückt. Die Häuser wurden auf Hochglanz gebracht, die Straßen gefegt, die Gehwege poliert. Die Auslagen in den Geschäften wurden ins rechte Licht gerückt, die Denkmäler vom Taubenschiss der letzten Jahre befreit. Die Frisöre hatten Hochkonjunktur, Kosmetikerinnen schufteten sich die Finger wund. Ein Hauch von Hollywood schwebte über der Stadt. Ein Filmteam war angereist, um einen Tatort zu drehen, und war auf der Suche nach Statisten.

Es war erschreckend anzusehen, was die ansonsten recht vernünftigen Bewohner unserer Stadt alles anstellten, um ins Fernsehen zu kommen. Fettabsaugen, Liften, Brustvergrößerungen, Bestechung, Prostitution, Drohungen, angedrohter Suizid, alle Register menschlicher Abgründe wurden gezogen. Ekelhaft, einfach ekelhaft.

Wenigstens ein Bürger ließ sich von der Hysterie nicht anstecken und versah seinen Dienst, wie es sich für einen deutschen Beamten, auch in Extremsituationen, gehört.

Richtig geraten, der Erhabene war ich.

Wie kann man nur so dumm sein und daran glauben, dass man durch eine Statistenrolle für den Film entdeckt wird, die Massen in die Kinos lockt und nebenher Millionen einschiebt?

Andererseits hat man schon von Dachdeckern gehört, die zum Filmstar wurden, nur, weil sie zufälligerweise das Dach eines Regisseurs reparierten.

Oder von Bedienungen, die Geld scheffelten ohne Ende, nur, weil ihnen zur rechten Zeit am rechten Ort der Rock hoch geweht wurde.

Nicht selten ist das Verdingen als Groupie das Sprungbrett zum Erfolg.

Die Chancen Millionär zu werden sind in der Unterhaltungsbranche immerhin größer als im Lotto.

Stichwort Lotto, ich hatte noch keinen Schein abgegeben. Ausgerechnet jetzt, wo in der Stadt die Hölle los war und mein Glückskiosk, bei dem ich schon zig Jahre meine Scheine abgab, genau in der Straße war, in der sich das Rekrutierungsbüro für Statisten befand. Sollte ich aber nur wegen des blöden Films und der unmöglichen Menschen, die sich dort herumtrieben, um ihr bisschen Würde zu verkaufen, auf meine Lottomillionen verzichten? Mitnichten, denn mein Horoskop sagte einen hundertprozentigen Gewinn voraus.

Wie es der Zufall wollte, lag ein Geschäft für Handwerkerbedarf auf meinem Weg und – doppelter Zufall – hatte doch der letzte Sturm einen Ziegel vom Dach meiner Heimstatt geweht, der dringend ersetzt werden musste. So kam es, dass ich in einer Zimmermannsmontur, welche mir wie auf den Leib geschnitten war und mich einfach toll aussehen ließ, vor meiner Lottoannahmestelle stand. Die zwanzig Kilometer lange Schlange vor mir konnte mich nicht entmutigen. Ich konnte darin kein Gesicht erkennen, welches einem zukünftigen Lottomillionär gehören könnte. Nach sechsunddreißig Stunden hatte ich endlich mein Ziel erreicht. Es wurde auch langsam Zeit, denn in einer Stunde war Annahmeschluss. Doch welch bittere Enttäuschung! Nicht rechtschaffene Lottospieler hatten die Schlange gebildet, sondern niedrige Kreaturen, die ihre Großmutter verkaufen würden, um Filmstar zu werden. Nun gut, da ich schon mal da war, konnte ich mich den Juroren auch als der neue Filmgott präsentieren. Lotto konnte ich noch nach meiner Karriere spielen.

Ein Mann, zweifelsohne ein wichtiges Mitglied der Filmcrew, schaute kurz von seiner Zeitschrift hoch, auf deren Titelseite sich mehrere leicht bekleidete Schönheiten räkelten, und deutete mir lässig mit dem Kopf an, die linke Tür zu nehmen. Ja, so sind sie halt, die Leutchen vom Film. Cool bis zum geht nicht mehr, aber den richtigen Blick für Talente.
 Da hatte mir doch dieser Pornohefte lesende Hirni von Hausmeister die falsche Tür gezeigt und ich stand auf der Straße. Genau das, was man immer in einschlägigen Zeitschriften liest. Haben alle ihr bisschen Hirn verkokst, diese Filmfritzen. Wie kann man nur so blöd sein und einen Hausmeister einstellen, der nicht in der Lage ist, dem künftigen Star die richtige Tür zu zeigen?
 O. k., wieder ein Filmflop mehr in der ersten Reihe, armer Gebührenzahler!

Ich bedachte die armen Kreaturen in der Schlange – sie dürfte auf ungefähr dreißig Kilometer angewachsen sein – mit einem mitleidigen Lächeln à la Clark Gable und schlenderte davon. Ein lautes Magenknurren erinnerte mich daran, dass ich seit einer Ewigkeit nichts mehr gegessen hatte. Ein unstillbares Verlangen auf türkisches Essen stellte sich plötzlich ein. Welch Glück, dass sich der Dönerstand meines Vertrauens nur unweit von meinem Standort befand. Ärgerlich war allerdings, dass ich mich an das Ende einer fast vierzig Kilometer langen Schlange, bestehend aus lauter verkappten Filmstars, stellen musste. Mein Einwand, dass ich nur einen Döner essen wolle, fand kein Gehör. Endlich am Dönerstand angekommen, musste ich feststellen, dass dieser geschlossen hatte. Mehmet, der beste Dönerkoch der Welt, besuchte eine Schauspielschule, da man ihm eine Nebenrolle als Dönerkoch für den Tatort angeboten hatte. Nun, da ich schon einmal da war, konnte ich auch einen Vertrag für die Hauptrolle unterschreiben, zumal das Rekrutierungsbüro zufälligerweise genau neben meinem Lieblingsdönerstand lag. Porno bekam von mir ein eiskaltes Lächeln à la James Bond, als er mir mit einer Kopfbewegung bedeutete, ich solle die Türe links nehmen. Forschen Schrittes trat ich durch die rechte Türe und stand endlich ... auf der Straße. Vermutlich hatte man zwischenzeitlich die Türen ausgetauscht, um die Kandidaten, die einfach nicht begreifen wollten, dass sie ungeeignet waren und deshalb immer wieder auftauchten, loszuwerden.

Das Mitglied der Filmcrew, das ich um seinen harten Job, die Spreu vom Weizen zu trennen, wahrlich nicht beneidete, war wahrscheinlich so perplex, als ihm Marilyn Monroe mit dem Lächeln von Sean Connery begegnete, dass er mir versehentlich die falsche Tür wies. Gut, ich bin ja schließlich nicht nachtragend, Fehler passieren, auch beim Film.

    Neue Taktik, neues Glück.

So kam es, dass ich mich nachts um ein Uhr vor dem Hintereingang des Hotels, in dem die Filmcrew untergebracht war, herumtrieb. Ich bedauerte die sechzehnjährigen Mädchen zutiefst, die ebenfalls auf Einlass hofften und über das Bett zur großen Filmkarriere kommen wollten. Arme Mädels! Jeder auch nur halbgebildete Mensch weiß doch, dass das nie funktioniert, und überhaupt sind alle Filmschaffenden ohnehin schwul.

Entweder waren es die Macher dieses Filmes nicht oder sie waren schwule Perverse, denn alle Anstehenden außer mir wurden eingelassen. Wieder keine Gelegenheit gehabt, mein grandioses Talent zur Entfaltung zu bringen.

    Langsam wurde ich etwas böse. Die Filmfritzen wollten Krieg und sie sollten ihn bekommen.

Früh am nächsten Morgen verschaffte ich mir mittels meines Dienstausweises Zutritt zum Büro des Regisseurs. Ich tat zunächst etwas geheimnisvoll, um ihm dann unvermittelt die Pistole an die Brust zu setzen: Entweder eine Filmrolle für mich oder ich durchsuche die Garderoben seiner Stars. Weiß doch jeder, dass man bei den Filmfritzen immer Rauschgift findet. Wusste er natürlich auch, weshalb er mir ohne lange zu zögern die Hauptrolle verschaffte.

Die nächsten drei Monate verbrachte ich damit, mir mit Schauspielkollegen wilde Verfolgungsjagden und Schießereien zu liefern. Besonders verdiente ich mir den Respekt meiner Kollegen mit den Vernehmungsszenen. Auch wenn ich laut Drehbuch nichts sagen durfte, so sprach meine Mimik doch Bände. Meine Sprechrolle erfüllte ich derartig mit Leben, dass mehreren Mitgliedern des Teams Krokodilstränen über die Wangen rollten. „Sie haben ausgespielt, Schurke!", kam so lebensecht über meine Lippen, als hätte ich nie in meinem Leben etwas anderes gesagt. Obwohl wir Filmleute schon ein extrem cooles Völkchen sind, fieberte ich ungeduldig dem Tag der Ausstrahlung meines Triumphes entgegen. Ungefähr fünfhundert geladene Gäste saßen in meinem Wohnzimmer bei Sekt und Knabbergebäck und erstarrten zu Salzsäulen, als sie meine Stimme aus dem Fernseher schreien hörten: „Sie haben ausgespielt, Schurke!"

Frenetischer Beifall erfüllte mein Wohnzimmer, unterbrochen von einem Schuss.

Großaufnahme auf das Gesicht eines Mannes mit Schlapphut, der aus zusammengepressten Lippen zischte: „Wir werden dich rächen, Kollege!"

Ich meinte durch den geschlossenen Sarg, welcher in der nächsten Großaufnahme sichtbar wurde, die Züge meines Gesichtes zu erkennen. Die restliche Filmzeit rächte mich der Kollege mit dem Schlapphut dann tatsächlich, indem er schoss, kämpfte, sich wilde Verfolgungsjagden lieferte und zum Schluss den Schurken stellte, der eigentlich schon bei mir ausgespielt hatte.

Tränen der Rührung flossen mir über das Gesicht, als sich die Handschellen um die Gelenke des Mörders legten, der mit einem heimtückischen Schuss meine junge Filmkarriere viel zu früh beendet hatte.

Trotz des grandiosen Erfolges konnte ich mich des Eindrucks nicht erwehren, dass der Cutter doch ein oder zwei meiner Szenen zu viel herausgeschnitten hatte. Ich werde mit dem Mann wohl mal reden müssen.

Nach meiner Rückkehr aus Hollywood.

ALLES FÜRS VATERLAND

Und im Paradies lebten Wolf und Schaf einträchtig zusammen, keiner tat dem anderen ein Leid an.
Dann wurden die Tore der Glückseligkeit geöffnet und dem Weibe Einlass gewährt.
Von da an herrschten Heulen und Zähneklappern bei der Polizei.

Verbrechen war lange Zeit Männersache. Frauensache war häufig der Grund für die Männersache.
Da die Frauensache jedoch fast nie an die Öffentlichkeit drang, kümmerte sich die Polizei nur um die Männersache.
Um sich um Männersachen zu kümmern, brauchte man keine Frauen. Und wenn doch, wurden welche gemacht.

Ich sah toll aus. Blondes, nach Apfel duftendes Haar umschmeichelte meine Schultern. Rouge auf den Wangen gab mir etwas Unschuldiges, während meine kirschroten Lippen den Vamp in mir verrieten. Dies, meine weit ausgeschnittene Bluse, ein schwarzer Stretchminirock und makellose Beine würden es möglich machen, Etore, Casanova Del Angeli, des Heiratsschwindels in unzähligen Fällen zu überführen.

Etore, seine Freunde nannten ihn Casanova, war ein Bild von einem Mann, ein Latinlover wie aus dem Bilderbuch.

Seine unwiderstehliche Anziehungskraft auf Frauen ließ ihm für seine Berufswahl nur zwei Möglichkeiten: Schauspieler oder Heiratsschwindler.

Casanova entschloss sich für die Karriere des Heiratsschwindlers.

Zum einen waren die Verdienstmöglichkeiten weitaus besser, zum anderen konnte er somit Drehbuchautor, Produzent, Regisseur und Schauspieler in einer Person sein.

Gegen die Berufswahl des Schauspielers sprach zusätzlich noch ein kleiner Sprachfehler, den Casanova hatte. Er lispelte. Dies fanden zwar die meisten Frauen allerliebst, war aber zur damaligen Zeit für einen Schauspieler tödlich.

Damals wurde vom Publikum als Leinwandheld nur ein wahrer Held akzeptiert, einfühlsame, die Frauen verstehende, lispelnde Softies kamen erst später.

Casanova hatte bereits fünfunddreißig äußerst attraktiven und vermögenden Frauen die Ehe versprochen und dadurch erreicht, dass diese Frauen nur noch äußerst attraktiv, aber nicht mehr äußerst vermögend waren.

Bereitwillig hatten sie ihm ihre Unschuld und ihr Vermögen geopfert.

Die ersten Rachegelüste verschwanden spätestens beim Zusammentreffen zwischen Täter und Opfer im Gerichtssaal.

Nach seinem Schlusswort zogen sämtliche weibliche Täter die Anzeigen zurück, wenn er in den Gerichtssaal lispelte:

„Du bist die einzige Frau die isch je geliebt abe und je lieben werde. Du bist die Trost in meinen langen und einsamen Nächte in die Gefängnis.

Für disch gehe isch gerne die Rest meines Lebens dorthin, wenn isch disch nur in meine Erzen tragen kann.

Isch musste disch doch verlassen. Isch konnte nischt mit ansehen, wie du disch wegen unserer großen Liebe finanziell ruiniert ast.

Isch wollte mit dir glücklisch sein, aber du ast alles mit deine Großzügigkeit kaputt gemacht."

Nachdem die Täterinnen daraufhin unter Tränen ihre Schuld gestanden hatten, konnte Casanova den Gerichtssaal jedes Mal als freier Mann verlassen.

Nun gut, nicht ganz als freier Mann, denn in der Regel wurde er sogleich wieder Opfer einer äußerst attraktiven und vermögenden Frau, die zufällig unter den Zuschauern im Saale saß und aus welchen Gründen auch immer Muttergefühle für Casanova verspürte.

Nachdem der Amtsrichter – dem Wahnsinn nahe – bei der letzten Verhandlung Casanova völlig abwegig zu drei Jahren Haft verurteilte, nur um endlich Ruhe vor ihm und vor allem vor seinen weiblichen Fans zu haben, führte dies zu einer Befreiungsaktion militanter Feministinnen.

Das Amtsgericht als Symbol der Unterdrückung der Frau wurde angezündet, Casanova befreit, der Amtsrichter nackt durch die Straßen unserer Stadt gejagt – und das im Dezember.

Überall in der Stadt wurden Plakate mit dem Slogan „Mein Vermögen gehört mir!" aufgehängt.

So kam es, dass mich der Auftrag ereilte, alles zu tun, um endlich anständige Beweise für eine Verurteilung Casanovas beizubringen.

In Ermangelung weiblicher Wesen bei der Polizei legte ich mir oben beschriebenes Outfit zu, um undercover gegen Casanova vorzugehen.

Hört sich locker an, war es aber nicht. Mein langes Haar blond zu färben war überhaupt kein Problem. Das Einsetzen der Brustimplantate ließ ich, dank einer Narkose mit Lachgas, mit einem Lächeln über mich ergehen. Das Augenbrauenzupfen trieb mir einige Tränchen ins Gesicht, die Ganzkörperenthaarung mittels Heißwachs steckte ich weg wie ein Mann, das heißt, ich brüllte wie am Spieß.

All das waren jedoch Kinkerlitzchen. Richtige Probleme bekam ich bei dem Versuch auf Pfennigabsätzen zu laufen.

Ich riss mir sämtliche Bänder an Knien und Füßen und ruinierte meine Hüftgelenke.

Aber es hatte sich gelohnt. Ich sah nicht nur aus wie die perfekte Frau, ich war die perfekte Frau, zumindest was die äußeren Merkmale anbelangte.

Nach einem winzigen Eingriff an den Stimmbändern begab ich mich in das Stammcafé von Casanova.

Ich verhielt mich genau so, wie sich nach der Vorstellung eines Mannes eine aufreizende Dame verhält.

Casanova erblickte mich, lächelte mir zu und wendete sich wieder seiner Zeitungslektüre zu.

So ging das eine ganze Woche lang. Casanova machte keinerlei Anstalten mich anzusprechen.

Da die Zeit drängte – der Gedanke an den nächsten Enthaarungstermin ließ mich erschaudern – richteten wir einen Krisenstab ein.

Experten aus aller Welt tagten drei Tage lang, um dann ihr Ergebnis zu verkünden.

Es lautete: Schmuck.

Behangen wie ein Weihnachtsbaum schlenderte ich am nächsten Tag in das Café. Genauer gesagt schleppte ich mich in das Café, denn das ungeheure Gewicht von Gold und Diamanten schränkte meine Leichtfüßigkeit etwas ein.

Casanova lächelte mir zu und aus. Keine Reaktion. Ich vermutete, dass es an den fünf mich begleitenden Sicherheitsleuten lag, die mir trotz meines Einwandes von dem Schmuckverleiher aufs Auge gedrückt wurden.

Da die Zeit immer mehr drängte, richteten wir einen Krisenstab zur Unterstützung des Krisenstabes ein.

Experten aus aller Welt kamen nach drei Tagen zu einem Ergebnis. Es lautete: Geruch.

Jedoch selbst mit den betörendsten Düften des Orients versehen wurde ich von Casanova ignoriert.

Langsam aber sicher brach Panik aus, mein Bein- und Brusthaar wuchs ohne Unterlass.

Mittlerweile befassten sich Wissenschaftler aus allen Bereichen mit meinem Fall. Langzeitstudien wurden durchgeführt, ein Experiment jagte das andere.

Den entscheidenden Hinweis zur Lösung unseres Problems sollten wir letztendlich von einem Schweinezüchter erhalten.

Dieser, als Experte für Lockstoffe engagiert, unterbreitete uns folgende Expertise:

„Ein Eber riecht immer einen Eber."

Sprach es, kassierte fünftausend Mark und entschwand.

Die Operation machte in zehn Minuten aus mir die perfekte Frau und, Wunder über Wunder, Casanova sprach mich sofort an. Er machte mir den Hof nach allen Regeln der Kunst.

Nach seinem kurzen aber heftigen Werben willigte ich ein, seine Frau zu werden. Die klitzekleine Bitte, ihm vor der Ehe einhunderttausend Mark für die Operation seiner kranken Mutter zu leihen, erfüllte ich sofort.

Mein Herz wollte zerspringen, als die Handschellen klickten und Casanova mich mit flehentlichen Augen fragte: „Warum ast du das getan"?

Auf meinen bitteren Vorwurf, dass ich keine Frau sei, die man tagelang ignorieren könne, antwortete er: „Isch abe disch nicht ignoriert. Isch war von deine Schönheit so geblendet, isch konnte disch nicht sehen."

Ich schämte mich, denn ich hatte den letzten noch lebenden Kavalier den Häschern ausgeliefert.

Selbst die Tatsache, dass es nicht meine Schönheit war, die Casanova geblendet hatte, sondern der graue Star, war kein Trost für mich. Nach seiner Augenoperation hatte er sich schließlich sofort in mich verliebt.

Dies hätte er, wie sich im Nachhinein herausstellte, auch ohne meine Geschlechtsumwandlung getan. Soviel zu „Ein Eber riecht immer einen Eber".

Der Tag der Gerichtsverhandlung war eine Genugtuung aller an dem Fall Beteiligten. Nur ich fühlte mich durch eine Migräne etwas elend. Selbst die bewundernden Pfiffe der männlichen Zuhörer und die Kusshand, die mir der Richter zuwarf, konnten mich meinen Erfolg nicht richtig genießen lassen.

Die Verhandlung lief so, wie von jedermann erwartet. Casanova war bereits verurteilt, bis, ja, bis er mir in seinem Schlusswort seine aufrichtige Liebe gestand.

Ich wurde mir meiner schändlichen Tat bewusst und zog meine Anzeige zurück.

Casanova verließ als freier Mann den Gerichtssaal.

Geheiratet hat er mich nicht, was ich ihm aber nicht nachtrage.

Wer will schon einen Mann heiraten, der einen so schändlich hintergeht?

Bemerkung für die weiblichen Leser:
Die Operation, die mich wieder zum Mann machte, wurde von einem zwanzigköpfigen Expertenteam in fünfzig Stunden durchgeführt. Sie fiel zu meiner vollsten Zufriedenheit aus.

DER KÖNIG VON BURUNDI

Es gibt recht wenige Highlights bei der Polizei, insbesondere bei der Bereitschaftspolizei. Ich war einer der wenigen Auserkorenen, die ein Highlight erleben durften, von dem Normalsterbliche nur träumen können. Ich öffnete dem König von Burundi eine Flasche Bier. Aber alles der Reihe nach.

Die Hundertschaft, der ich nach meinem Eintritt in die Bereitschaftspolizei des Landes zugeteilt wurde, war eine Ausbildungseinheit für Frischlinge. Einsätze, egal welcher Art, wurden von ihren Angehörigen im äußersten Notfall und auch nur dann durchgeführt, wenn sie des Grüßens durch Anlegen der rechten Hand an die Kopfbedeckung fähig waren. Ein solcher Notfall sollte uns zu einem weltweit beachteten, ersten Auftritt in der Öffentlichkeit verhelfen.

Auf dem Dienstplan jenes ereignisreichen Tages war eine Geländeübung eingetragen. In aller Herrgottsfrühe bestieg unser Zug einen in Ehren ergrünten Bus, welcher uns zu dem für die Übung vorgesehenen Gelände brachte. Wir hatten bereits drei Stunden im Schweiße unseres Angesichts die niedrigste Gangart des Menschen geübt, jede noch so kleine Deckung ausnutzend, um gegen ein unsichtbares Gegenüber vorzugehen. Ein kleines Problem war nur, dass die einzige brauchbare Deckung aus Schafkötteln bestand.

Zur gleichen Zeit breitete sich in der weit entfernten Landeshauptstadt Hektik aus.
    Die für Staatsbesuche zuständigen Herren in der Landesregierung schwitzten weitaus stärker als wir. Jedoch war nicht – wie vielleicht mancher vermutet – die niedrigste Gangart des Menschen die Ursache für die Schweißausbrüche, sondern der Inhalt einer Nachricht. Der König aus Burundi, welcher als hoher Staatsgast für den nächsten Tag erwartet wurde, sollte bereits in zwei Stunden auf dem Musterflughafen des Musterländles landen.

Es begab sich nun, dass sich die Hundertschaft, welche normalerweise das Ehrenspalier stellte und auch eigens dafür ausgebildet war, im Einsatz befand, weshalb uns die große Ehre des Spalierstehens zuteil werden sollte. Kurz und knapp ereilte uns der Befehl: „Sprung auf! Marsch, Marsch zum Bus!" Mit einem Affenzahn wurden wir, nach einer kurzen Erklärung, mit Blaulicht und Martinshorn in unsere Unterkunft gekarrt. Jeder raffte, so gut er konnte, seine Ausgehuniform und die dazu gehörenden Teile zusammen. Im Bus zogen wir uns während einer halsbrecherischen Fahrt um. Spätestens dort rächte sich, dass wir uns nicht an den hehren Grundsatz eines jeden Beamten gehalten hatten, welcher da lautet: Eile mit Weile. Fast jeder hatte ein Uniformteil vergessen. Dem einen fehlte die Krawatte, ein anderer hatte noch rote Socken an, dem Nächsten fehlte die Schirmmütze und so weiter. Alles wäre noch erträglich und irgendwie kaschierbar gewesen, aber rote Socken zur grünen Uniform waren einfach untragbar, auch wenn es keiner gesehen hätte.

Deshalb ordnete unser Zugführer kurz entschlossen an – er war wirklich ein Mann der Tat –, dass wir im Einsatzanzug antreten, auch wenn der Rest der Hundertschaft im feinen Zwirn dastehen würde. Also raus aus den Klamotten, rein in den Einsatzanzug und hurtig versucht, wenigstens die größten Schafköttel zu entfernen.

Das königliche Flugzeug war inzwischen gelandet, ein provisorischer roter Teppich ausgerollt. Man hatte es nicht mehr geschafft, den roten Teppich von seinem Lagerort herbeizuschaffen, weshalb man kurzerhand die Fuhre eines türkischen Teppichhändlers beschlagnahmte und seine Teppiche gekonnt auslegte. Der Rest unserer Hundertschaft war schon wie die Orgelpfeifen angetreten, Pressevertreter waren vor Ort – für sie gilt ja der Grundsatz des Beamten nicht – die Staatskarossen des Landesvaters und seines Anhanges standen auf dem Vorfeld, auf welches das Flugzeug unaufhaltsam zu rollte. Nur wir fehlten noch. Mit königlicher Anmut winkte der Staatsgast von der Gangway aus der fast vollständig angetretenen Hundertschaft, dem Landesvater und seinem Gefolge sowie drei Flughafenmitarbeitern zu, als wir mit unserem Bus die Bühne befuhren. Die Türen waren bereits geöffnet, wir hatten uns wie Fallschirmspringer aufgestellt, um sofort nach dem Befehl aus dem ausrollenden Bus zu springen. Nun hatte unser Zugführer – er war wirklich ein prächtiger Kerl – eine Überraschung für uns im Laderaum des Busses versteckt. Nach erfolgreicher Geländeübung wollte er uns mit drei Kisten Bier und zwei Kisten Sprudel überraschen. Bei der letzten Rechtskurve vor unserem Absprung donnerten die Kisten gegen die Ladeluke. Diese konnte dem Aufprall nicht standhalten. So ergab es sich, dass 84 Flaschen just in dem Augenblick über die türkische Auslegeware kullerten, als der König deutschen Boden betrat. Dank türkischer Webkunst überstanden etwa die Hälfte der Flaschen den plötzlichen Ortswechsel. Der Duft des Bieres, gemischt mit dem Duft unserer Einsatzanzüge, erinnerte mich irgendwie an die weiten Steppen Afrikas, das Gesicht unseres Landesvaters an das eines zum tödlichen Sprung ansetzenden Löwen.

Und unser Staatsgast? Nun, unser Staatsgast hob mit der Grazie, wie sie nur einem König zu Eigen ist, eine der Bierflaschen zu seinen königlichen Füßen auf und streckte sie uns entgegen. Nun schlug meine große Stunde. Eines hatte ich trotz meiner noch sehr jungen Beamtenlaufbahn gelernt: Begib dich nie ohne Flaschenöffner in den Einsatz. Flugs eilte ich zu Seiner Majestät und entfernte mit meinem silber glänzenden, mit einer Krone künstlerisch verzierten Flaschenöffner den güldenen Kronkorken, welcher das Behältnis verschloss. Es war eine Freude mit anzusehen, wie der köstliche Gerstensaft bis auf den letzten Tropfen in dem königlichen Munde verschwand. Mit einer herzlichen Umarmung gab mir der König die leere Flasche zurück, um sodann in allen Ehren unsere Formation abzuschreiten. Weder der durch Schafköttel leicht verschmutzte Kaftan des Königs noch der etwas strenge Geruch, der um unsere Nasen wehte, konnten den erhabenen Augenblick schmälern. Wir hatten einen Freund gefunden.

Pressemitteilung des Innenministeriums:
Der Besuch des königlichen Oberhauptes des Staates Burundi war für die Wirtschaft des Landes ein voller Erfolg. Der stets gut gelaunte König erteilte Aufträge in der Höhe von 20 Millionen DM. Eine in der Landeshauptstadt ansässige Brauerei eröffnet in Kürze eine Niederlassung in Burundi.

Und was wurde aus uns, die wir maßgeblich zu dem Erfolg beigetragen hatten? Unser gesamter Zug wurde zu einer vierwöchigen Ausgangssperre verdonnert. Die Strafe wurde von uns jedoch mannhaft abgesessen. Unangenehm wurde es erst, als zwei Tage vor dem Ende der Sperre das von der Brauerei gestiftete Bier, welches inzwischen als königliches Pils bezeichnet wurde, ausging.

SCHACHMATT

Die Vernehmung ist vergleichbar mit dem Schachspiel. Zwei ebenbürtige, in der Regel hochintellektuelle Individuen, sitzen einander gegenüber in der Hoffnung, den anderen matt setzen zu können. In der Regel eröffnet der Beamte mit einem brillanten Zug das Spiel.

Ich: „Herr Maier, nur Sie kommen als Täter für den Einbruch in das Juweliergeschäft Müller in der Bahnhofstraße in Betracht. Die Beweise sind erdrückend. Es wäre an der Zeit, dass sie ein Geständnis ablegen."

Herr Maier: „Ich scheiß auf deine Beweise! Beweise, nichts hast du, überhaupt nichts! Zeig mir doch deine Beweise!"

Ich: „Also gut, Herr Maier. Da wäre einmal die Aussage der Frau Hohlbein, welche sie eindeutig als die Person identifiziert hat, die am letzten Dienstag gegen 3.30 Uhr die Eingangstür des Anwesens Bahnhofstraße 12, in dem sich – wie sie sicherlich wissen – das Juweliergeschäft Müller befindet, mittels eines Brechwerkzeuges aufgebrochen hat."

Herr Maier: „Nichts weiß ich! Ich kenne keine Hohlbein, wieso behauptet diese dumme Kuh, dass sie mich kennt?"

Ich: „Frau Hohlbein ist wahrlich keine dumme Kuh, Herr Maier, sondern eine sehr intelligente, agile, ältere Dame. Sie behauptet nicht, dass sie Sie kennt, sondern dass sie Sie am letzten Dienstag gegen 3.30 Uhr gesehen hat, wie Sie die Eingangstüre des Anwesens 12 mittels eines Brechwerkzeuges aufgebrochen haben."

Herr Maier: „Nichts hat sie gesehen, die Alte. Wenn sie was gesehen hätte, hätte sie gesehen, dass ich einen Geißfuß hatte. Hat sie das? Nein, sie hat ein Brechwerkzeug gesehen, die alte Kuh!"

Ich: „Herr Maier, nicht in diesem Ton! Keine Beleidigungen mehr gegen Frau Hohlbein!"

Herr Maier: „Ist doch wahr, wie kann die denn Sachen behaupten, die gar nicht stimmen? Sind das deine ganzen Beweise?"

Ich: „Herr Maier, mir wäre es sehr angenehm, wenn wir beim Sie bleiben könnten!"

Herr Maier: „Wenn du unbedingt willst."

Ich: „Ja, Herr Maier, das möchte ich. Aber um auf Ihre Frage zurückzukommen, das sind nicht die einzigen Beweise, die wir haben. Wir haben Schuhspuren im Anwesen Bahnhofstraße 12 gefunden, die von der Eingangstüre zur Seitentüre des Juweliergeschäftes Müller führen. Und diese Schuhspuren zeigen genau das Profil von den Schuhen, die Sie momentan tragen. Wie erklären Sie sich das, Herr Maier?"

Herr Maier: „Erklären, wieso erklären? Erklär's dir doch selber!"

Ich: „Sie, Herr Maier!"

Herr Maier: „Ich hab doch gerade gesagt, dass du es dir selber erklären sollst!"

Ich: „Sie, Herr Maier, wir sind per Sie!"

Herr Maier: „Ist ja gut, ich lass mir von dir nichts in die Schuhe schieben. Außerdem hab ich gar keine Schuhe. Und die, die ich anhab, hab ich in der Bahnhofstraße gefunden und mitgenommen."

Ich: „Lächerliche Scharade, Herr Maier, aber lassen wir das mal so stehen. Bin mal gespannt, was für eine Erklärung Sie für das Vorhandensein Ihrer Fingerabdrücke im gesamten Juweliergeschäft haben!"

Herr Maier: „Fingerabdrücke? Ich hab keine Fingerabdrücke und schon gar keine Scharade. Versuch mir ja nichts anzuhängen, was ich nicht gemacht habe!"

Ich: „Wir waren beim Sie, Herr Maier."

Herr Maier: „Bei welchem Sie? Nein, nein, nein. Daran würde ich mich erinnern, wenn ich mit dir irgendwo gewesen wäre. So nicht, jetzt sage ich nichts mehr!"

Ich: „Herr Maier, so hat das doch keinen Sinn. Gestehen Sie doch endlich. Sie stehlen mir doch nur meine Zeit."

Herr Maier: „Jetzt reicht's. Jetzt soll ich dir auch noch was gestohlen haben? Behauptet das auch die Alte?"

Ich: „Nein, das ist doch nur so eine Redensart, Sie haben mir natürlich nichts gestohlen."

Herr Maier: „Aber behaupten – das habe ich gern! Aber nicht mit mir! So schlau bin ich schon lange, dass ich auf so etwas nicht reinfalle."

Ich: „Herr Maier. Bei Ihrer Festnahme hatten Sie zwanzig Uhren, zwölf Goldketten, siebenunddreißig Goldringe und einen Schlüsselanhänger aus Silber bei sich. Dies sind genau die Gegenstände, die bei Müller entwendet wurden. Wo haben Sie die Sachen denn her?"

Herr Maier: „Gekauft, alle gekauft."

Ich: „Bei Müller?"

Herr Maier: „Natürlich nicht, wer kauft denn schon in diesem teuren Laden? Ich hab's bei dem Typen gekauft, dem die Schuhe gehören, die ich anhabe. Die habe ich gratis dazubekommen."

Ich: „Und die Fingerabdrücke?"

Herr Maier: „Die auch."

Ich: „Herr Maier, Ihre Erklärungen scheinen recht plausibel. Dennoch zweifle ich stark am Wahrheitsgehalt Ihrer Angaben."

Herr Maier: „Immer das Gleiche. Nur weil ich ein paar Mal wegen Einbruchs vorbestraft bin, denkt jeder, er kann mir nichts mehr glauben."

Ich: „72 Mal, Herr Maier."

Herr Maier: „Nur weil ich 72 Mal wegen Einbruchs im Knast war, muss ich das bei Müller noch lange nicht gewesen sein."

Ich: „Gut, Herr Maier, Sie haben mich überzeugt. Das bei Müller war ein anderer Einbrecher. Sie können gehen. Die Schmuckstücke, die Uhren und das Brechwerkzeug bekommen Sie wieder ausgehändigt."

Herr Maier: „Was soll denn diese Sch …? Ein anderer Einbrecher in meiner Stadt? Was glaubst du denn, das traut sich doch keiner! Ich bin hier der Einbrecherkönig. Ich hab den Bruch bei Müller gemacht. So eine saubere Arbeit kriegt ein anderer gar nicht hin! Ich erklär dir jetzt mal genau, wie ich's gemacht habe. Ich hab mir extra für die Türe einen Geißfuß geschmiedet."

Ich: „Brechwerkzeug."

Herr Maier: „Willst du behaupten, dass ich lüge? Schau dir doch mal diesen Qualitätsgeißfuß an, das kann außer mir keiner, das ist nie und nimmer ein Brechwerkzeug!"

Ich: „Nicht größenwahnsinnig werden, Herr Maier. Das Ding kriegt man in jedem Baumarkt. Nehmen Sie Ihre sieben Sachen und gehen Sie nach Hause."

Herr Maier: „Das lasse ich mir nicht gefallen! Ich habe auch meine Rechte! Sperr mich sofort ein! Ich und nur ich habe den Bruch bei Müller in der Bahnhofstraße gemacht. Ich habe Beweise, jede Menge Beweise!"

Ich: „Gut, Herr Maier. Sie haben genau fünf Minuten Zeit, mir hieb- und stichfeste Beweise zu liefern, die mich von Ihrer Täterschaft überzeugen. Und dann raus hier!"

Herr Maier: „Du schmeißt mich hier nicht raus! Ich will in den Knast, ich war's, die Fingerabdrücke sind von mir, die Schuhspuren sind von mir, die Beute wurde bei mir gefunden und ich habe Frau Hohlbein als Zeugin. Das reicht tausendmal. Sperr mich endlich ein, du …"

GLÜCKSSPIEL

Bereits im zarten Kindesalter wird dem Deutschen eingeimpft, dass der Räuber der Böse und der Polizist der Gute ist. Deshalb will jedes deutsche Kind beim „Räuber-und Gendarm-Spiel" der Polizist sein. Durch dieses psychologisch wertvolle Spiel geprägt, bewerben sich jedes Jahr unzählige junge Menschen für den Polizeidienst. Diejenigen, die nicht in den Polizeidienst aufgenommen werden, bewerben sich in der Regel bei den Räubern.

Wie mir ein Kollege vertraulich mitteilte, ist es in Italien umgekehrt. Dort heißt das Spiel „Mafioso und Carabinieri". Jedes italienische Kind, welches etwas auf sich hält, setzt alles daran, den Mafioso spielen zu dürfen. Durch dieses psychologisch wertvolle Spiel geprägt, bewerben sich jedes Jahr unzählige junge Menschen bei der Mafia. Diejenigen, die nicht genommen werden, gehen zur Polizei.

Für die durch das Spiel zweifelsohne wertvolle Beeinflussung unserer Jugend, mangelt es erstens fast nie an Nachwuchspolizisten – es sei denn die Länder haben für Neueinstellungen gerade mal wieder kein Geld, was aber fast nie der Fall ist – und zweitens bei den Nachwuchspolizisten fast nie an der Überzeugung, dass ihr ärgster Feind der Räuber ist. In der Realität platzt dieser Kindertraum jedoch sehr schnell wie eine Seifenblase und der junge Mensch muss erkennen, dass der größte Feind der Polizei die Verwaltung ist. Auch ich kam nicht umhin, diese Erfahrung zu machen.

Besorgte Ehefrau: „Herr Polizei, ich rüfen an, um zu sagen, dass meine Mann in Ochsen ganze Geld verspielt. Herr Polizei, mache was."

Dezernatsleiter: „Im Ochsen wird gezockt, machen Sie was."

Ich: „O. k., ich mache was."

Am gleichen Abend saß ich verdeckt im Ochsen, argwöhnisch beäugt von einunddreißig ausländischen Mitbürgern, dem Wirt und dem Dobermann des Wirtes.

Weder die Gäste noch der Wirt und schon gar nicht der Hund ließen mich während der Einnahme des von mir bestellten Mahles auch nur für eine Sekunde aus den Augen. Als ich kurz mein Essbesteck aus den Händen legte, um mir den kalten Schweiß von der Stirn zu tupfen (das Essen war höllisch scharf und der Hund nagte genüsslich an meinem linken Bein), zog mir der Wirt den Teller weg und verlangte die Begleichung der Rechnung. Ich verließ die Gaststätte mit dem Gefühl, dass alles optimal verlaufen war, und mit einem Hundebiss im Allerwertesten. Noch auf der Treppe des Traditionslokales hörte ich das jedem Spieler vertraute Geräusch, wenn Karten auf den Tisch geknallt werden. Ich hatte durch meine bloße Anwesenheit dem schändlichen Treiben in der Gaststätte für fast zehn Minuten Einhalt geboten, was ich als riesigen Erfolg verbuchte. Leider sah es der Staatsanwalt etwas anders. Er verlangte von mir das Beibringen von Beweisen, Beweisen und abermals Beweisen, um den Sündenpfuhl ausheben zu können. Eine Gaststätte, in der illegal Glücksspiel betrieben wird, zieht Gesindel und leichte Mädchen in die Stadt. Die braven Bürger würden vertrieben, Recht- und Gesetzlosigkeit herrschten fortan. Mit diesen weisen Worten und dem Versprechen auf Kavallerieunterstützung – wenn notwendig – entließ mich der staatsgewaltige High-Noon-Fan aus seinen Amtsräumen.

Bei meinem zweiten Besuch im Ochsen ließ mich der Wirt den Teller leer essen, der Hund kaute an meinem linken Bein und zerriss mir beim Hinausgehen lediglich die Hose. Nach dem fünfundzwanzigsten Mal hatten sich der Wirt und die Gäste an mich gewöhnt wie an eine Stehlampe, die im Schankraum steht und keiner weiß, warum.

Ungeniert frönten die Gäste ihrer Leidenschaft und zockten, was das Zeug hielt.

Auch der Dobermann hatte sich an mich gewöhnt und pinkelte mir jedes Mal, wie einer Stehlampe, die im Schankraum steht, ans Bein. Ich nutzte den Zustand, um mit einer gigantisch großen, aber in einem Reisekoffer perfekt getarnten Robot-Kamera Bilder von den Spielvorgängen zu machen. Die Namen der Spieler und die Spieleinsätze wurden von mir penibel in ein Kreuzworträtsel eingetragen. Den Hund hatte ich so weit abgerichtet, dass er mir die Autokennzeichen der Spieler brachte, wenn diese die Gaststätte verließen. Ich hatte die ultimativen Beweise, um den Untergang der Stadt zu verhindern.

„High Noon" verwies nach Studium der Bilder und meiner Aufzeichnungen auf die höchst richterliche Rechtsprechung und wies mich an, selbst am Glücksspiel teilzunehmen. Meine Aussage sei die Krönung der Beweise und von keinem Anwalt zu kippen.

Nun ist ein wichtiger Bestandteil des Glücksspiels der Einsatz von Geld. Deshalb machte ich mich auf in die Räumlichkeiten der Verwaltung. Beim zuständigen Sachbearbeiter für Gelddinge in der Polizei wurde mir klargemacht, dass es keine Verwaltungsvorschrift für den Einsatz von Spielgeld zur Aufdeckung der illegalen Glücksspielmachenschaften gebe, daher gebe es keinen Titel und damit auch kein Geld. Mein dezenter Hinweis, man könne mir die fünfzig Mark vielleicht von einem anderen Titel zukommen lassen, erbrachte mir einen Rauswurf aus den heiligen Hallen der Verwaltung. Drei Monate später konnte ich durch die Intervention von „High Noon" und meinem Chef vom Chef der Verwaltung, ein wirklich hohes Tier, fünfzig Mark in Empfang nehmen. Eine fünfköpfige Expertenkommission war zu dem Schluss gekommen, dass man das Geld aus dem Titel für polizeiliche Repräsentationszwecke nehmen könne. Zwar entbrannte ein heftiger Streit über die Definition des Begriffes ‚polizeiliche Repräsentation', schließlich verständigte man sich aber dahingehend, dass ich die Polizei zwar nicht in der Gaststätte repräsentieren würde – man sah ein, dass es taktisch unklug wäre, wenn ich mich vor der Spielteilnahme als Kriminalbeamter outen würde – aber dafür später vor Gericht. Vor Erhalt des Geldes musste ich mir noch anhören, wie flexibel doch unsere Verwaltung ist und wie man sich den Allerwertesten aufreißt, um uns bei unserer schwierigen Arbeit zu unterstützen.

Guter Dinge machte ich mich mit einer Auszahlungsanweisung auf den Weg, um das repräsentative Spielgeld bei dem Herrn über die Gelder abzuholen. Dieser ließ mich eine zwölfseitige Belehrung unterschreiben, wonach ich mich verpflichtete, sorgsam mit der mir anvertrauten Barschaft umzugehen, sie nicht für private Zwecke einzusetzen, und alles daranzusetzen hatte, um sie unversehrt wieder in den Fundus der Verwaltung zurückzuführen. Nach Leistung der Unterschrift auf das Original und auf fünf Kopien wurde ich an meinen Schwur erinnert, vom Land und dem Bund Schaden, also auch finanziellen Schaden, abzuwenden. Ich wiederholte meinen Schwur und fügte feierlich hinzu, alles Menschenmögliche zu tun, um das Geld wieder zurückzubringen. In feierlicher Stimmung wendete ich meinen Schritt in Richtung Ochsen. Ich knallte meine fünfzig Mark auf einen Spieltisch (damit es nicht so ärmlich aussah, hatte ich den Schein in fünf Zehner gewechselt), an dem noch ein Platz frei war, und verlangte nach Chips. Und das Wunder geschah: Man händigte mir Spielchips aus und das Spiel begann.

Nun weiß man ja, dass dem Anfänger das Glück hold ist. Bei mir war das nicht so. Mir war das Glück nicht hold, ich war das Glück in Person. Gegen ein Uhr in der Früh verließ ich den Ochsen mit vierhundert Mark in der Hosentasche. Den Mitspielern hatte ich natürlich Revanche für den nächsten Tag versprochen. Leicht peinlich berührt tauschte ich meine Revanchechips gegen eintausend Mark. Drei Wochen später war ich um sechstausendzweihundertfünfzig DM reicher. „High Noon" hatte genügend Beweise – die Razzia war nur noch eine Frage von Tagen.

Es wurde auch Zeit. Mittlerweile hatte es sich über die Grenzen des Musterländles hinaus herumgesprochen, dass im Ochsen um großes Geld gespielt wurde. Dies hatte Profizocker aus halb Europa angelockt. Die Razzia war ein voller Erfolg. Unermesslich viele Spieler wurden festgenommen, unermesslich hohe Geldbeträge eingezogen, unermessliche Mengen an Karten sichergestellt und unermesslich viele Presseerklärungen abgegeben, bei denen Weihrauch in gigantischen Kesseln die Sinne vernebelte. Nach Abzug der Rauchschwaden machte ich mich todmüde, aber überglücklich auf, meinen Gewinn bei der Verwaltung abzugeben. Der zuständige Sachbearbeiter für Gelddinge raufte sich die Haare, wischte sich den Schweiß mit einem Tischtuch von der Stirn, raufte sich die Haare erneut und wischte sich den Schweiß mit einem zweiten Tischtuch von der Stirn. Dabei stammelte er ständig: „Kein Titel, kein Titel!"

Mein dezenter Hinweis, man könne das Geld vielleicht auf den Titel für repräsentative Aufgaben einzahlen, erbrachte mir einen Rauswurf aus den heiligen Hallen. Auf Intervention von „High Noon" und meinem Chef erhielt ich drei Tage später einen Termin beim Chef der Verwaltung, einem wirklich hohen Tier. Dieser verpasste mir zunächst einen Einlauf, weil ich das Geld nicht zu ortsüblichen Zinsen bei einer Bank angelegt hatte. Danach erklärte er mir, dass ich nichts als Ärger machen würde, und nannte mich fortan seinen Sargnagel. Er habe vom Rechnungshof eine Rüge erhalten, da er mir die fünfzig Mark ausgehändigt habe. Dies sei das erste Mal in seinen fünfunddreißig Dienstjahren, dass er gerügt worden sei, und er wüsste mit allen Mitteln zu verhindern, dass so etwas Unangenehmes noch einmal passiere. Er bat mich inständig, das Geld wieder irgendwo zu verspielen.

Ich erinnerte ihn an meinen Schwur, Schaden vom Land und vom Bund abzuwenden, was mir einen Rauswurf aus der allerheiligsten der heiligen Hallen der Verwaltung einbrachte.

Es vergingen nur zwei Wochen, bis ich telefonisch die Weisung erhielt, den Spielgewinn an die Verlierer auszuzahlen, mir eine Empfangsbestätigung geben zu lassen und anschließend zu Beweiszwecken wieder zu beschlagnahmen. Dann könne ich das Geld auf Weisung der Staatsanwaltschaft ganz legal bei der Gerichtskasse einbezahlen. Der Anrufer gab sich als Stellvertreter des richtig hohen Tieres bei der Verwaltung aus, weigerte sich jedoch beharrlich, mir seinen Namen zu nennen. Dadurch legte er unbewusst den Keim für einen genialen Plan in mein Gehirn.

Am nächsten Morgen erschien ich wieder beim Chef der Verwaltung und löste dadurch Haareraufen und Schweißausbrüche bei der gesamten Belegschaft aus. Nachdem ich jedoch erklärte, dass ich lediglich 6250 Mark einbezahlen wolle, welche mir ein Anonymus für repräsentative Zwecke der Polizei habe zukommen lassen, erfüllte Schalmeienklang das alte, ehrwürdige Gebäude und tausend Sonnenstrahlen ergossen sich in jeden Winkel der Amtsstuben.

Ergebnis:
Alle Spieler, einschließlich mir, wurden zu empfindlichen Geldstrafen verurteilt, wodurch sie wieder an den Spieltisch gezwungen wurden, um ihre Verluste wettzumachen. In meinem Fall wurde nach drei Jahren festgestellt, dass meine Verurteilung Folge eines Justizirrtums war. Das von mir bezahlte Bußgeld konnte mir nicht zurückgezahlt werden, da es für Fälle wie meinen bei der Verwaltung der gemeinnützigen Einrichtung, an die ich zur Verhinderung einer Haftstrafe gezahlt hatte, keinen Titel gab. Das ganz hohe Tier bei der Verwaltung schrieb seine Doktorarbeit mit dem Titel „Notwendigkeit einer flexiblen Verwaltung", was ihn zu einem gigantisch hohen Tier beim Finanzministerium machte.

Fazit:
Eine Verwaltung im Haus ersetzt den Räuber.

IM NAMEN DES VOLKES

1.

Staatsanwalt: „Sie haben also die Firma nur gegründet, um durch den Bankrott zwanzig Millionen Euro betrügerisch zu erlangen?"

Angeklagter: „Ja."

Staatsanwalt: „Sie haben billigend in Kauf genommen, dass durch Ihr Tun alteingesessene Handwerksfirmen in Konkurs gingen, fünfhundert Familien Arbeit und Brot verloren und ein volkswirtschaftlicher Schaden von fünfzig Millionen Euro entstand?"

Angeklagter: „Ja, aber ich habe immer Steuern bezahlt."

Staatsanwalt: „Wann wurde Ihnen ihr schändliches Tun bewusst und ab wann bereuten Sie Ihre Tat?"

Angeklagter: „Gleich nach meiner Festnahme durch die Polizei."

Staatsanwalt: „Was haben Sie mit den zwanzig Millionen gemacht?"

Angeklagter: „Einen Großteil musste ich leider ausgeben. So eine Flucht kostet sehr viel Geld, die Preise in den Luxushotels sind astronomisch. Den Rest habe ich einer bedürftigen Person vermacht. Dass diese Person den gleichen Namen wie meine Frau trägt, ist purer Zufall."

Staatsanwalt: „Sie haben das Gutachten eines Professor Doktor Lumbumba aus Zaire vorgelegt, aus dem hervorgeht, dass Sie durch das Erlebte traumatisiert sind. Als Folge des Traumas diagnostiziert Herr Professor Doktor Lumbumba bei Ihnen schwere gesundheitliche Probleme. Wie äußern sich diese?"

Angeklagter: „Seit meiner Inhaftierung bekomme ich nicht mehr meine gewohnte Champagner- und Kaviarmarke. Von der Marke, die mir Feinkostkrabbe ins Gefängnis liefert, bekomme ich ständig Sodbrennen. Außerdem ist die Ware, bis sie bei mir ankommt, nicht mehr wohl temperiert, was einen Feinschmecker wie mich doch sehr deprimiert. Ich habe schon über ein Kilogramm meines kostbaren Gewichtes verloren."

Staatsanwalt: „Keine weiteren Fragen, ich komme nun zu meinem Plädoyer. Hohes Gericht, die Beweisaufnahme hat zweifelsfrei ergeben, dass der Angeklagte schuldig im Sinne der Paragrafen bla bla bla ist. Die äußerst faire und vom Herrn Vorsitzenden souverän geführte Verhandlung hat während der Dauer eines Jahres zweifelsfrei zu Tatsachen geführt, die nur einen Schuldspruch zulassen. Dies muss auch von den zwölf Rechtsbeiständen des Angeklagten anerkannt und akzeptiert werden. Nun stellt sich für mich die schwierige Frage, was dieser Staat, dessen Vertreter ich zweifelsohne bin, als angemessene Bestrafung verlangt. Gemäß Paragraf bla bla bla in Verbindung mit bla bla bla … eine Freiheitsstrafe von acht Jahren ohne Bewährung, wenn ein besonders schwerer Fall angenommen werden kann.

Lassen Sie mich diesbezüglich feststellen, dass der Angeklagte bereits sieben Mal wegen Betruges rechtskräftig verurteilt wurde.
Zugute halte ich ihm, dass er seit seiner letzten Verurteilung vor drei Jahren nicht mehr straffällig geworden ist, sondern eine Firma gründete und diese bis zum Bankrott äußerst erfolgreich führte. Weiterhin kann ich mich nicht der Tatsache verschließen, dass er ordnungsgemäß seine Steuern bezahlt hat und dadurch unserem Staat indirekt einen Teil des Existenzgründerdarlehens zurückgezahlt hat.

Selbstverständlich ist sein umfangreiches Geständnis, welches er heute Morgen abgelegt hat, positiv zu bewerten. Dadurch konnte die Verfahrensdauer erheblich um einen Tag verkürzt werden. Als Schritt in die richtige Richtung ist dieses Verhalten des Angeklagten zu bewerten. Er hat das Unrecht seiner Tat eingesehen und das rechtswidrig erlangte Geld einem guten Zweck zukommen lassen. Diese reuevolle Tat sehe ich als Ziehen eines Schlussstriches an. Eine gute Zukunftsprognose kann für den Angeklagten erstellt werden.

Aus seinen Einlassungen ist zu entnehmen, dass er durch seine Flucht und die Festnahme sehr gelitten hat. Die für einen Mann seines Standes als unmenschlich empfundenen Haftbedingungen führten zu einer ernsthaften Erkrankung, welche mir Strafe genug erscheint.
Nach Abwägung aller Gesichtspunkte beantrage ich eine zweijährige Haftstrafe, die aufgrund der hervorragenden Zukunftsprognose für den Angeklagten zur Bewährung auszusetzen ist."

Vorsitzender: „Haben die Herren Verteidiger etwas hinzuzufügen?"

Verteidiger: „Wir schließen uns den Ausführungen des Herrn Staatsanwaltes an. Was die Höhe der Bewährungsstrafe angeht, legen wir die hoffnungsvolle Zukunft unseres geläuterten Mandanten in die salomonischen Hände des Hohen Gerichtes."

Vorsitzender: „Im Namen des Volkes ergeht folgendes Urteil:
Der Angeklagte wird zu einer Freiheitsstrafe von zwölf Monaten verurteilt, welche er bereits verbüßt hat. Das Gericht empfiehlt der Staatsanwaltschaft, Ermittlungsverfahren gegen die Polizeibeamten einzuleiten, die aufgrund ihrer Fahndungsmethoden dem Verurteilten eine nicht unerhebliche Beeinträchtigung seines körperlichen Wohlbefindens bereitet haben. Bezüglich der Haftbedingungen verweise ich die Verteidigung auf die Möglichkeit der Privatklage gegen Feinkostkrabbe."

2.

Staatsanwalt: „Hat der Angeklagte in vollem Bewusstsein grob verkehrswidrig und rücksichtslos die Haltelinie überfahren, obwohl die Lichtzeichenanlage bereits eine und eine Zehntelsekunde Rot zeigte! Sind Sie sich überhaupt bewusst, in welche erhebliche Gefahr für Leib und Leben Sie andere Verkehrsteilnehmer durch Ihr Verhalten gebracht haben, Angeklagter?"

Angeklagter: „Aber es war doch Sonntagmorgen um fünf Uhr und kein Mensch war unterwegs."

Staatsanwalt: „Genau so habe ich den Angeklagten eingeschätzt. Kein Zeichen von Reue – nein, vielmehr hartnäckiges Leugnen und Uneinsichtigkeit bis zum bitteren Ende, wie ich es immer wieder bei Schwerverbrechern beobachte."

Angeklagter: „Aber ich bin doch kein Schwerverbrecher, ich habe mir doch noch nie etwas zu Schulden kommen lassen."

Staatsanwalt: „Sie wollen damit wohl sagen, dass man Sie noch nie erwischt hat, Sie Verkehrsrowdy!
Sind Sie schon öfters bei Rot über eine Kreuzung gerast?"

Angeklagter: „Nein, zumindest nicht bewusst."

Staatsanwalt: „Aha, da haben wir es. Ich bitte zu Protokoll zu nehmen, der Angeklagte gibt zu, ein notorischer Wiederholungstäter zu sein."

Angeklagter: „Ich habe doch nichts zugegeben."

Staatsanwalt: „Unbelehrbar, der Mann geht über Leichen. Eiskalt, der Mensch, eiskalt.
Was hat Sie denn veranlasst, an einem Sonntagmorgen in der Rushhour wie ein Verrückter mit überhöhter Geschwindigkeit über eine rote Ampel zu rasen und andere Menschen in Todesgefahr zu bringen? Wohl auf der Flucht gewesen?"

Angeklagter: „Ich bin nicht gerast."

Staatsanwalt: „Wenn Sie nicht gerast wären, hätten Sie ja wohl noch rechtzeitig anhalten können."

Angeklagter: „Ich war nur kurz abgelenkt, da meine zweijährige Tochter, mit der ich auf dem Weg ins Krankenhaus war, einen Hustenanfall bekam und ..."

Staatsanwalt: „Das ist doch der Gipfel! Sie bringen Ihre eigene Tochter in Lebensgefahr nur wegen Ihrer Leidenschaft für Rennwagen und illegale Straßenrennen?"

Angeklagter: „Ich habe doch keinen Rennwagen."

Staatsanwalt: „Ein zweihundertvierunddreißig KW starkes Auto bezeichne ich sehr wohl als Rennwagen."

Angeklagter: „Aber mein Kleinwagen hat doch nur vierunddreißig KW."

Staatsanwalt: „Sie meinen wohl auch, dass man sich mit so einem Boliden alles erlauben kann, aber nicht mit mir! Herr Vorsitzender, ich beantrage, den Angeklagten mit aller Härte zu bestrafen. Wie der Angeklagte aussieht und auch zugegeben hat, hat er mindestens fünf Rotlichtfahrten hinter sich."

Angeklagter: „Aber ich hab doch wirklich noch nie ... Außerdem bin ich Kraftfahrer und verliere ohne Führerschein meine Arbeit, ich habe schließlich eine Familie mit fünf Kindern zu ernähren."

Staatsanwalt: „Das hätten Sie sich vor Ihrer schändlichen Tat überlegen sollen. Ich sehe keine Zukunftsperspektive für einen notorischen Verbrecher wie Sie. Sie sind nicht geständig, haben keine Vorstrafen, kein Gutachten über Krankheiten, welche die Strafe mildern könnten, keinen Rechtsanwalt – ja, nicht einmal einen einzigen Punkt in Flensburg. Das alles spricht gegen Sie. Ein Berufsverbrecher wie Sie hat die ganze Härte des Gesetzes verdient.

Hohes Gericht, die Beweisaufnahme hat zweifelsfrei ergeben, dass der Angeklagte schuldig im Sinne der Paragrafen bla bla bla ist.
Die äußerst faire und vom Herrn Vorsitzenden souverän geführte Verhandlung hat zweifelsfrei zu Tatsachen geführt, die nur einen Schuldspruch zulassen. Dies muss auch von dem Angeklagten anerkannt und akzeptiert werden. Nun stellt sich für mich die schwierige Frage, was dieser Staat, dessen Vertreter ich zweifelsohne bin, als angemessene Bestrafung verlangt.

Gemäß Paragraf bla bla bla in Verbindung mit bla bla bla … ist ein Monat Fahrverbot, drei Punkte in Flensburg und eine Geldstrafe von einhundert Euro, pro Verkehrsverstoß angemessen, wenn ein minder schwerer Fall angenommen werden kann.

Lassen Sie mich diesbezüglich feststellen, dass der Angeklagte noch nie wegen irgendeines Deliktes rechtskräftig verurteilt wurde. Durch das beharrliche Verweigern, ein Geständnis abzulegen, wurde die Verfahrensdauer unnötig um fünfzehn Minuten verlängert und dadurch die kostbare Zeit des Herrn Vorsitzenden verschwendet. Das Verhalten des Angeklagten signalisierte zu keinem Zeitpunkt, dass er das Unrecht der Tat eingesehen hat, weshalb auch keine positive Zukunftsprognose gestellt werden kann. Aus seinen Einlassungen ist zu entnehmen, dass er in keinster Weise bei Ausübung der Tat an eventuelle Opfer gedacht hat, sondern deren Unglück billigend in Kauf genommen hätte.

Nach Abwägung aller Gesichtspunkte beantrage ich eine zweijährige Haftstrafe, die aufgrund der schlechten Zukunftsprognose für den Angeklagten, er wird demnächst arbeitslos sein, nicht zur Bewährung auszusetzen ist. Führerscheinentzug auf Lebenszeit und eine Geldstrafe in Höhe von dreitausend Euro, zu bezahlen an eine gemeinnützige Einrichtung, deren Vorsitzender der Herr Vorsitzende ist, sind als Nebenfolge mit in das Urteil aufzunehmen."

Vorsitzender: „Will das Subjekt auf der Anklagebank noch etwas sagen?"

Angeklagter: „Machen Sie Witze mit mir?"

Vorsitzender: „Im Namen des Volkes ergeht folgendes Urteil:
Der Angeklagte wird aufgrund seines schändlichen Verhaltens, begangen in mehreren Fällen, zu einer Freiheitsstrafe von vierundzwanzig Monaten ohne Bewährung verurteilt. Weiterhin wird eine Geldstrafe in Höhe von dreitausend Euro ausgesprochen. Diese sowie eine Geldstrafe in Höhe von siebentausend Euro wegen Missachtung des Gerichts sind an eine gemeinnützige Organisation, deren Vorsitzender ich bin, zu überweisen.
Das spinnt, das Volk.

VERWALTUNG, DIE ZWEITE

Vorweihnachtszeit, Zeit der Ruhe und Besinnung. Zeit für einen Rückblick auf das vergangene Jahr, Zeit zum Erstellen einer Prognose für das kommende. Vorweihnachtszeit, Chaoszeit für jede öffentliche Verwaltung. An einem trüben Dezembermorgen.

Chef: „... stehen aufgrund der hervorragenden Bewirtschaftung durch unsere Verwaltung noch beträchtliche Gelder zur Verfügung. Wie Sie ja alle wissen, sind diese Gelder noch in diesem Kassenjahr für notwendig zu beschaffende Dinge auszugeben, da ansonsten zu befürchten ist, dass die Gelder für das nächste Jahr den diesjährigen Ausgaben angepasst – sprich gekürzt – werden. Ich erwarte Ihre Bedarfslisten in einer Stunde."

Eine Stunde später.

Ich: „Chef, hier ist meine Bedarfsliste."

Chef: „Hm, recht lang. *(Überfliegt sie.)* Ich ruf mal bei der Verwaltung an und frage, ob das durchgeht."

Verwaltungschef: „Hallo!"

Chef: „... Bedarfsliste von Dezernat ..., fragen, ob durchgeht ... stelle mal Lautsprecher an, dass ... mithören kann."

Verwaltungschef: „Gut."

Chef: „Klopapier."

Verwaltungschef: „Klopapier?"

Ich: „Seit drei Wochen keines mehr da."

Verwaltungschef: „Moment, mache Konferenzschaltung mit dem zuständigen Sachbearbeiter für Titel Papier."

Fünf Minuten später.
Weber: „Ja?"

Verwaltungschef: „... Konferenzschaltung mit Kripo. Brauchen Klopapier. Noch Geld auf Titel Papier vorhanden?"

Weber: „Weiß ich nicht. Klopapier fällt unter Titel Reinigungsmittel. Im Gegensatz zu Papier wird Klopapier nicht zur Erfüllung von Zwecken eingesetzt, für die Papier benötigt wird, sondern zum Reinigen der beamteten Gesäße sowie die der Angestellten und Arbeiter. Daraus ergibt sich, dass Klopapier eine Reinigungsfunktion erfüllt, weshalb es aus dem Titel für Reinigungsmittel beschafft und bezahlt wird."

Verwaltungschef: „Danke. Ja, meine Sachbearbeiter – wie immer auf dem neuesten Stand der Titelwirtschaft. Ich mache eine Konferenzschaltung mit dem zuständigen Sachbearbeiter für Reinigungsmittel."

Acht Minuten später.

Weber: „Ja?"

Verwaltungschef: „... Konferenzschaltung mit Kripo. Brauchen Klopapier. Noch Geld auf Titel für Reinigungsmittel vorhanden?"

Weber: „Titel ist seit drei Monaten erschöpft. Sie wissen ja, Grippewelle mit Magen-Darm-Grippe, es wurde unvorhersehbar viel gesch..., habe aber noch Geld auf Titel Papier."

Ich: „Sehr gut. Wie viele Rollen kann ich bekommen?"

Weber: „Papier, ich sagte Papier. Ich kann Ihnen alle Sorten Papier besorgen, kein Klopapier. Klopapier ist Reinigungsmittel und der Titel für Reinigungsmittel ist erschöpft. Karton geht auch!"

Ich: „Ist zu hart."

Verwaltungschef: „Nun mal nicht so empfindlich. Herr Weber macht das schon, er ist einer unserer tüchtigsten Verwaltungsbeamten, nicht wahr, Herr Weber? Sie werden eine Lösung finden, die alle befriedigt und die mit den Vorschriften der Titelwirtschaft konform geht."

Weber: „Klar."

Verwaltungschef: „Meine Leute machen so gut wie alles möglich, um Sie bei Ihrer harten Arbeit zu unterstützen. Unser Motto lautet: Un-

mögliches erledigen wir sofort, Wunder dauern etwas länger. *(lacht herzlich)*
Sonst noch Wünsche die Herren?"

Chef: „Ein Zivilmotorrad für Observationszwecke."

Verwaltungschef: „Gute Sache, gute Sache! Dem Verbrecher keine Chance. Ja, ja. Auch wir Schreibtischtäter tragen unser Scherflein bei, um unser Land vor dem Mob zu schützen. Ich mache eine Konferenzschaltung mit dem zuständigen Sachbearbeiter für den Titel Kraftfahrzeuge."

Zehn Minuten später.

Weber: „Ja."

Verwaltungschef: „... Konferenzschaltung mit Kripo. Brauchen Zivilmotorrad. Noch Geld auf Titel für Kraftfahrzeuge vorhanden?"

Weber: „Weiß ich nicht, ich verwalte die Titel für Papier und Reinigungsmittel. Bin voll ausgelastet."

Verwaltungschef: „Weiß ich doch Weber, weiß ich doch, altes Schlachtross! Wer macht denn Kraftfahrzeuge?"

Weber: „Schmitt."

Verwaltungschef: „Wo sitzt denn der Schmitt?"

Weber: „Mir gegenüber."

Verwaltungschef: „Sehr gut, sehr gut. Immer parat meine Leute, wenn schwierige Aufgaben zu lösen sind. Binden Sie Schmitt mal mit in die Konferenzschaltung ein."

Weber: „Geht nicht. Schmitt ist krank. Hat die Magen-Darm-Grippe. Normalerweise sitzt er mir gegenüber."

Verwaltungschef: „Ja, so sind sie halt meine Leute. Opfern sich auf bis zur Magen-Darm-Grippe, um Sie bei Ihrer harten Arbeit zu unterstützen.

Weber schauen Sie doch mal in die Unterlagen von Schmitt, um festzustellen, ob noch Geld für Kraftfahrzeuge da ist."

Weber: „Das ist nicht mein Titel. Meine Titel sind ..."

Verwaltungschef: „Weiß ich doch, Weber, weiß ich doch. Ich kenne doch meine Mitarbeiter. Gerade neulich habe ich zu Herrn Ministerialdirektor Schulze gesagt, der Weber ist ein Spitzenmann, gehört mal wieder dringend befördert. Hat seine Titel voll im Griff.
Ich weiß schon, wie schwierig und verantwortungsvoll Ihre Tätigkeit ist. Und jetzt muss ich Sie auch noch mit dem Titel von Schmitt belasten. Versuchen Sie es halt, vielleicht kommen Sie mit den Aufzeichnungen von Schmitt klar."

Weber: „Gut, ich versuche es, kann aber nichts versprechen."

Verwaltungschef: „Ja, ja, der Weber, mein bestes Pferd im Stall. Lebt unser Motto – Unmögliches wird sofort erledigt, Wunder dauern etwas länger – jeden Arbeitstag!"

Fünfzehn Minuten später.

Weber: „Laut den Aufzeichnungen des Kollegen Schmitt, der mit mir zur nächsten Beförderung ansteht und eine Sauklaue hat, die keiner lesen kann, und der dauernd eine Magen-Darm-Grippe hat und mit mir zur nächsten Beförderung ansteht, ist kein Geld mehr für Kraftfahrzeugbeschaffung da. Er hat aber noch reichlich Geldmittel für die Beschaffung von Fahrzeugen. Sie gestatten mir die Bemerkung, dass Schmitt, der ja mit mir die nächste Beförderung betreffend in Konkurrenz steht, ganz schön schlecht gewirtschaftet hat."

Ich: „Weiß ich Weber, würde Ihnen nie passieren. Ich krieg also ein Motorrad?"

Weber: „Nein. Obwohl es nicht in meinem Verantwortungsbereich liegt, sondern in dem von Schmitt, der befördert werden will und der beweisbar äußerst schlecht wirtschaftet, kann ich Ihnen trotzdem diese Auskunft geben.
Nach den Aufzeichnungen von Schmitt, die man wegen seiner Sauklaue fast nicht lesen kann, sind Kraftfahrzeuge motorbetriebene Fahrzeuge, während Fahrzeuge mit Muskelkraft betriebene Fahrzeu-

ge sind. Beide Titel miteinander zu vermischen ist genauso unmöglich wie das Addieren von Äpfeln und Birnen oder das Beschaffen von Klopapier aus dem Titel für Papier.

Kollege Gruber hat mir erzählt, er habe noch sechstausend zweihundertfünfzig Mark, die so ein anonymer Spinner für repräsentative Zwecke gespendet hat und damit die ganze Jahresplanung verhunzt hat. Gruber, der auch befördert werden will, hat damit Bleispitzer in Form von Motorradhelmen gekauft, um die Polizei in den Schulen zu repräsentieren. Vielleicht hat er noch was übrig für ein Spielzeugmotorrad."

Verwaltungschef: „Ha, ha, der Weber ... Trotz seiner riesigen Verantwortung immer zu Scherzen aufgelegt und eine wirkliche Kapazität, nicht nur auf seinem Gebiet. Fähig der Mann – könnten Sie in Ihrem Laden sicher auch gut gebrauchen. Der regelt das mit dem Klopapier und um das Motorrad kümmere ich mich persönlich. Sonst noch Wünsche? Sie wissen ja, unser Motto lautet ..."

Chef: „Nein danke, das reicht!"

Verwaltungschef: „Stehe jederzeit wieder zur Verfügung. Übrigens könnten Sie mir auch einen Gefallen tun. Wir haben noch reichlich Geld auf dem Titel für Kraftstoffe. Das muss weg. Weisen Sie Ihre Mannen mal an, noch reichlich Sprit zu verfahren. Unsereiner kommt ja vor lauter Arbeit nicht vom Schreibtisch weg. Wegen dieser besch... Magen-Darm-Grippe wurde viel zu wenig gefahren. Hat unseren ganzen Haushalt durcheinander gebracht.

29. Dezember, 10.00 Uhr, Dienststelle:
Lkw, beladen mit fünf Tonnen Papier, fährt vor. Alles dabei, was je eine Papierfabrik verlassen hat, außer Klopapier.

29. Dezember, 11.00 Uhr, Dienststelle:
Lkw, beladen mit zehn Fahrrädern und fünf Mofas, fährt vor.
    Begleitschreiben von Schmitt:
Trotz schwerer Magen-Darm-Grippe habe ich Ihre Bestellung noch im alten Jahr erledigt.

29. Dezember, 11.10 Uhr, Anruf bei Verwaltungschef:
Verwaltungschef: „Ja, ja, der Schmitt, hat sich fantastisch ins Zeug gelegt. Hat Finanzministerium überzeugt, dass ein Fahrrad mit Hilfs-

motor sowohl mit Motor als auch mit Muskelkraft betrieben werden kann und somit Beschaffung mit Mitteln aus beiden Titeln möglich ist. Jetzt sind Sie für Ihre schwere Aufgabe optimal gerüstet."

Ich: „Guter Mann, der Schmitt, guter Mann!"

SURVIVAL

Severino Pizzone lebte mit seiner Frau und seinen elf Kindern in bescheidenen Verhältnissen. Er war vor acht Jahren nach Deutschland gekommen, um hier im Schweiße seines Angesichtes sein Brot zu verdienen und um der italienischen Justiz zu entgehen. Irgendwie wollte die Sache mit dem Schweiß nicht so richtig klappen, weshalb Severino das Brot für sich, seine Frau und seine fünf Kinder beim Sozialamt holte. Je größer die Familie wurde, umso hungriger wurde sie. Dies hatte zur Folge, dass er vollauf mit dem Brotempfang beschäftigt war, sodass keine Zeit für eine Erwerbstätigkeit blieb. Selbst seinem Hobby, dem Verkauf von Heroin, konnte er nur nachts nachkommen, wenn das Sozialamt geschlossen hatte.

Da Familie Pizzone, wie bereits erwähnt, in bescheidenen Verhältnissen lebte, konnte ihr Ernährer den bescheidenen Obolus, den sein Hobby abwarf, in Immobilien auf Sizilien anlegen. Nach der Geburt des elften Kindes erklärte seine ihm angetraute und streng nach dem katholischen Glauben lebende Ehefrau, dass sie nun genug gegen den Bevölkerungsrückgang in Deutschland getan hätte, und verriegelte fortan die Türe des Schlafgemaches. Seines Lebenssinnes beraubt, stürzte sich Severino zunächst in tiefe Depressionen und nach zehn Minuten auf sein ihm treu gebliebenes Hobby.

Nun ist es in der Regel so, dass ein erfolgreich betriebenes Hobby gerne den Neid jener hervorruft, die das gleiche Hobby nicht ganz so erfolgreich betreiben, obwohl sie sich genauso bemühen. So kam es, dass ich einen Tipp aus der Welt der Hobbyfreunde erhielt. Severino hatte gerade sein Tagwerk beendet und die Gaststätte seines Wirkens verlassen, als ich ihm auch schon schattengleich folgte.

Wie es sich für einen guten Ehemann geziemt, lenkte ihn sein Schritt geradewegs in seine Großraumwohnung und dort – einer alten Gewohnheit folgend – in das eheliche Schlafzimmer. Doch sein Drang nach Entspannung wurde durch die verschlossene Schlafzimmertüre jäh gebremst. Dank der konsequenten Frau Pizzone sollte meine nächtliche Beamtentätigkeit für den Steuerzahler nicht umsonst gewesen sein. Als diese nämlich nach einer Stunde immer noch nicht das Flehen ihres ihr Angetrauten erhörte, entschloss sich dieser noch kurz eine weniger katholisch erzogene Dame zu besuchen. Um diese gewogen zu stimmen, machte er zuvor noch einen kleinen Abstecher und holte das passende Geschenk aus seinem Heroinbunker.

Mit Luchsaugen wurde er von mir beobachtet, wie er in einem angrenzenden Wald verschwand, um nach zwei Minuten und achtundzwanzig Sekunden zurückzukehren. Ich musste nun das tun, was einem Beamten in der Regel sehr schwer fällt, nämlich eine Entscheidung treffen. Ich traf die Entscheidung, die in der Regel jeder Beamte fällt, wenn er in der misslichen Lage ist, eine Entscheidung treffen zu müssen. Ich entschied mich, nichts zu tun.

Wie immer, wenn ein Beamter eine Entscheidung trifft, war dies die richtige Entscheidung. Wäre ich nämlich tätig geworden, hätte ich Severino lediglich mit einer Kleinstmenge erwischt. Mehr gab der Bunker – aufgrund der großen Nachfrage in jüngster Zeit – nicht mehr her. Den Rest der Nacht verbrachte ich im Auto, ständig das Waldstück im Auge behaltend, um beim ersten Sonnenstrahl den Bunkerplatz zu lokalisieren.

Ich zog von den zwei Minuten und achtundzwanzig Sekunden eine Minute ab. Diese Zeit braucht – statistischen Erhebungen zufolge – ein geübter Bunkerentleerer zum Leeren eines Bunkers. Die verbleibenden achtundachtzig Sekunden teilte ich durch zwei und erhielt so die Zeit, die ein normaler Marschierer vom Waldrand bis zum Bunkerplatz benötigt. Endlich schienen sich die endlos langen Mathematikstunden meiner Schulzeit auszuzahlen. Strahlenförmig, immer um zehn Grad versetzt, schritt ich genau vierundvierzig Sekunden in den Wald, um beim vierten Versuch, also exakt bei vierzig Grad, auf eine umgestürzte Buche zu stoßen. Getreu der im inneren Zirkel der Biologiekundigen kursierenden Weisheit „An den Buchen musst du suchen" grub ich mit den bloßen Händen die Erde unter dem Baum um. Wie nicht anders zu erwarten, fand ich zwei Fuß unter der Erde eine Plastiktüte, in die eine zweite mit folgendem Inhalt eingegraben war: Eine leere Plastiktüte mit beigen Pulverrückständen. Endlich schienen sich die endlos langen Biologiestunden meiner Schulzeit auszuzahlen.

Nach einer kurzen Auskostung des Triumphes machte ich mich mit militärischer Disziplin daran, den eroberten Brückenkopf zu festigen. Zunächst versuchte ich die Truppe, welche bis dato nur aus mir bestand, zu verstärken. An Ermangelung eines Funksprechgerätes und eines Feldtelefons versuchte ich per Rauchzeichen Kontakt aufzunehmen. Dazu rieb ich zwei Hölzchen aneinander, wie ich es in unzähligen Karl-May-Filmen gesehen hatte. Eine Stunde und zehn Zigaretten später rieten mir meine wunden Hände dann doch mein Feuerzeug zu benutzen, auch wenn mir dies nicht ganz stilgerecht erschien. Sitting Bull hätte seine wahre Freude an meinem rauchlosen Feuer nach Indianerart gehabt und mir den Griff zum Feuerzeug sicher verziehen.

Der große Vorteil eines rauchlosen Feuers ist der, dass es der Feind nicht entdecken kann. Der große Nachteil eines rauchlosen Feuers ist der, dass man damit auch keine Rauchzeichen geben kann.

Getreu dem Motto „Einen Tod muss man sterben" verzichtete ich auf das Heranführen zusätzlicher Kräfte mittels Rauchzeichen, da ich das Rauchzeichenalphabeten nicht beherrschte. Stattdessen machte ich mich daran, mich auf einen längeren Aufenthalt in unserem heimischen Wald einzurichten.

Überlebensregel Nr. 1: Du brauchst in der Wildnis Wasser, um zu überleben.

Nachdem ich einen zwanzig Meter tiefen Brunnen ins Erdreich getrieben hatte, ohne auf Wasser zu stoßen, änderte ich meinen Plan und machte mich auf die Suche nach etwas Essbarem. Schließlich enthalten Waldbeeren und Pilze genug Wasser, um einem zu allem entschlossenen Einzelkämpfer das Überleben in der Wildnis zu ermöglichen, und sie haben darüber hinaus den grandiosen Nebeneffekt, dass sie sättigen. Nach zwei Stunden ergebnisloser Suche bewunderte ich heimlich die Schläue von Pizzone. Er hatte seinen Bunkerplatz in einen Wald verlegt, der an Unwirtlichkeit der Wüste Gobi in nichts nachstand. Nun denn, wenn Überlebensregel Nr. 1 nicht zu verwirklichen ist, tritt Überlebensregel Nr. 2 in Kraft.

Überlebensregel Nr. 2: Ab zu Aldi und alles kaufen, was man zum Überleben braucht.

Punkt neun Uhr stand ich deshalb vor der nächsten Aldi-Filiale, den perfekten Einkaufszettel im Kopf. Ich hatte genau ausgerechnet, was ich meinem Körper an Kalorien, Mineralstoffen und Spurenelementen für acht Tage zuführen musste. Endlich schienen sich die endlos langen Chemiestunden meiner Schulzeit auszuzahlen.

Mich überkam Mitleid mit den armen Hausfrauen, die planlos durch die Regalreihen schlichen und entweder die Hälfte vergaßen oder viel zu viel einkauften, da sie das strategische Vorgehen nicht beherrschen, als ich meine zwei Einkaufswagen füllte.

Mit dem Gefühl, irgendetwas Wichtiges vergessen zu haben, vergrub ich meine letzte Tüte Chips im fünfzehnten Vorratsbunker. Die Bunker hatte ich so angelegt, dass ich sowohl bei einer überraschenden Offensive als auch bei einem geplanten Rückzug jederzeit darauf zugreifen konnte.

Nun, da alles wohl Geplante ausgeführt war, konnte ich mich selbst eingraben und getrost der Dinge ausharren, die da kommen sollten. Bevor ich einschlief, fiel mir aber noch ein, was ich vergessen hatte. Ich wollte bei Aldi eine Nachricht für meine Kollegen hinterlassen, wo ich zu finden war.

Kostenloser Tipp, falls Sie einen Polizisten suchen: Aufgrund des üppigen Gehalts finden Sie mehr Polizisten bei Aldi als auf einer Wache.

O. k., zugegeben, kleiner, aber verzeihlicher Fehler.

Es war bereits wieder Nacht, als ich erwachte. Geweckt hatte mich ein laues Sommergewitter, das mir circa fünfzig Liter Regenwasser pro Sekunde ins Gesicht schüttete. Ansonsten verlief die Nacht sehr ruhig. Der Regen hatte mich bis auf die Knochen durchnässt, meinen Brunnen bis zum Rand gefüllt und mehr als die Hälfte meiner Vorräte unbrauchbar gemacht. Der folgende Tag brachte auch keine nennenswerten Überraschungen. Die Sonne brannte mit aller Macht durch die Baumkronen, trocknete mich bis auf die Knochen aus und vernichtete mehr als die Hälfte meiner übrig gebliebenen Hälfte des Proviants. Die Nacht brachte außer einem extremen Temperatursturz nichts Besonderes. Der Schnee kroch mir bis auf die Knochen und vernichtete mehr als die Hälfte meines übrig gebliebenen Proviants, was mir aber kein Kopfzerbrechen bereitete. Schließlich konnte ich mich ja noch von Beeren ernähren, außerdem spielte ich mit dem Gedanken, einen Hasen oder ein Reh zu erlegen. Kopfzerbrechen bereitete mir vielmehr, dass Pizzone einfach nicht auftauchte.

Ich überstand drei weitere Tage eines Junis, der als der extremste seit Menschengedenken – was den Wetterwechsel anbelangte – in die Geschichte der Wetterforschung einging. Die Hasen- und Rehjagd hatte mangels Getier nicht zu dem erhofften Erfolg geführt, Beeren und Pilze wuchsen immer noch keine in dieser unwirtlichen Gegend. Mein Entschluss, trotz aller Widrigkeiten noch eine Nacht auszuharren, wurde belohnt. Gegen drei Uhr bemerkte ich, wie ein Lichtschein in Richtung Bunkerplatz wanderte. Dem Lichtschein folgte Severino Pizzone.

Als er anfing eine mitgebrachte Plastiktüte zu vergraben, tauchte ich wie aus dem Nichts plötzlich vor ihm auf. Ein „Mamma mia" stammelnd, die rechte Hand auf die linke Brust legend, fiel Severino in Ohnmacht. Wieder einmal hatte ich der Staatsmacht durch mein höfliches, aber bestimmtes Auftreten Respekt verschafft.

Der Zivilrichter, welcher Pizzone eine Einmalzahlung und eine lebenslange Rente zusprach, würdigte mein Auftreten so: Die ungepflegte Erscheinung des Beamten ließ Herrn Pizzone glauben, er würde von einem Yeti oder einem berühmten Bergsteiger angegriffen. Der erlittene Schock führte bei Herrn Pizzone zu posttraumatischen Störungen, welche – einem Gutachten zufolge – eine zukünftige Erwerbstätigkeit unmöglich machen. Auslöser für den erlittenen Schock und die zukünftige Erwerbslosigkeit war das nicht adäquate äußere Erscheinungsbild eines Polizeibeamten. Deshalb wird das Land, welches die Aufsichtspflicht über den Beamten, dessen äußeres Erscheinungsbild nicht dem entsprach, was der Bürger von einem Polizeibeamten erwartet, jenen in Regress nehmen.

Nun gut, Zivilrichter halt. Dafür wurde Salvatore Pizzone im Namen des Volkes zu acht Jahren Haft ohne Bewährung wegen fortgesetzten Handels mit Heroin in nicht geringer Menge verurteilt und das von mir sichergestellte Heroin mit einem sehr hohen Reinheitsgehalt und einem Gewicht von eintausendfünfhundert Gramm wurde eingezogen. Herrn Pizzone war es nicht möglich, seine Haftstrafe anzutreten, da er aufgrund posttraumatischer Störungen, welche er nun auf Sizilien auskuriert, haftunfähig war. Auch ich, der ich zu einer der größten Heroinsicherstellungen der damaligen Zeit beigetragen hatte, kämpfe immer noch mit einem kleinen Problem. Nach zwei Tagen Abwesenheit stellte man die Suche nach mir ein. Ich wurde von Amtswegen für tot erklärt, um meiner Witwe die Fürsorge des Landes angedeihen lassen zu können und um mein Gehalt zu sparen.

Alles ging seinen geregelten Gang, bis ich dummerweise wieder auftauchte – was man mir ein wenig übel nahm. Richtig böse wurde man allerdings, als ich darum bat, mich amtlich wieder lebendig zu machen. Ein Attest meines Hausarztes, aus dem hervorging, dass ich lebe, wurde nicht anerkannt. Ein Gutachten eines anerkannten Sachverständigen für lebende Beamte, der auf dreißig Seiten Gründe aufführte, die dafür sprachen, dass ich noch lebte, wurde mit einem

Gegengutachten eines Sachverständigen für tote Beamte widerlegt. Trotz einundzwanzig Gutachten, die eindeutig belegen, dass ich lebe und die meines Erachtens viel schlüssiger sind als die Gegengutachten, konnte sich bislang noch kein Richter dazu durchringen, eine Entscheidung zu treffen. Deshalb bin ich unter der gesamten Beamtenschaft der einzig lebende Tote, der amtlich anerkannt ist.

Hat auch seine Vorteile.

JAHRESRINGE

Das Bett und der mit Blattfedern verstärkte Wohnwagen stöhnten über das Gewicht von Trude, die Freier stöhnten über Trude.

Es herrschte an diesem Samstagabend Hochkonjunktur in dem Zweipersonenwohnwagen, dessen Boden ohne die Unterstützung von circa zweihundert Backsteinen schon längst durchgebrochen wäre. Den Kampf gegen ihre Pfunde hatte Trude bereits im zarten Alter von zehn Jahren mit achtzig zu eins verloren. Nun, mit fünfundvierzig Jahren, hatten die Fettpölsterchen ihren Vorsprung auf zweihundertdreißig Kilogramm ausgebaut. Trudes unersättlicher Appetit auf Schokolade, Eiscreme, Kartoffelchips, Schweinebraten und Bier war schuld an ihrer Niederlage. Noch unersättlicher allerdings war Trudes Appetit auf Sex. Ab ihrem sechzehnten Lebensjahr verschlang sie, proportional gesehen, im Jahr mehr Männer als Schokolade, Eiscreme, Kartoffelchips, Schweinebraten und Bier, was zur Folge hatte, dass sie drei Jahre lang keine Gewichtszunahme verzeichnen musste.

Mit neunzehn Jahren lernte sie auf dem Oktoberfest in München Paul kennen, einen einundzwanzigjährigen Bauhelfer mit einem unersättlichen Appetit auf Bier und Sex. Während er Bier in jeder Kneipe, jedem Laden und Kiosk bekommen konnte, sah es mit Sex nicht sehr rosig für ihn aus, weshalb er Trudes Angebot, ihn zu entjungfern, bereitwillig annahm.

Ein halbes Jahr später – es verging kein Tag, an dem sich Trude nicht an Paul verging – wurde er von ihr geheiratet, da sich Nachwuchs ankündigte. Zwei Monate nach der Hochzeit stellte Trude fest, dass sie trotz einer gewaltigen Zunahme ihres Bauch- und Brustumfangs – Paul rechnete im Stillen damit in Zukunft für Drillinge sorgen zu müssen – doch nicht schwanger war. Den Frust über ihre Scheinschwangerschaft bekämpfte sie mit Schokolade, Eiscreme, Kartoffelchips, Schweinebraten, Bier und vor allem mit Sex, Sex, Sex.

So kam es, dass sie immer fülliger wurde, während Paul, der seit jeher schlank war, bald nur noch aus Haut und Knochen bestand. Paul sann auf Abhilfe für sein Dilemma. So kam es, dass er seinen Freund Frieder bat, ihn zweimal die Woche zu entlasten und sich samstags und dienstags seiner Trude zu widmen. Samstags deshalb, da Paul nachmittags Sport trieb – er schaute Fußball in seiner Stammkneipe – und dienstags, weil Frieder nichts Besseres vor hatte. Man einigte sich auf fünfzig DM pro Verkehr mit Trude, Paul bezahlte Frieder gleich einen Monat im Voraus.

Trude, hoch erfreut über das sexuelle Interesse von Frieder an ihrer Person, trieb es beim ersten Schäferstündchen so intensiv mit ihm, dass dieser sofort seinen Tarif auf siebzig DM erhöhte. Nun hatte das Interesse Frieders das Verlangen nach Sex bei Trude so gesteigert, dass sie Paul weder an Samstagen noch an Dienstagen verschonte, sondern ihn quasi als Nachtisch zu Frieder verspeiste. Von Frieder verlangte sie noch zusätzlich montags und donnerstags seinen Mann zu stehen. Die Frieder-freien Tage überbrückte sie mit Schokolade, Eiscreme, Kartoffelchips, Schweinebraten und Bier.

Da dies kein vollwertiger Ersatz für Trudes sexuelles Verlangen war, sahen sich Paul und Frieder gezwungen, Wolfgang, einen ledigen Arbeitskollegen von Frieder, für mittwochs, freitags und sonntags zu verpflichten.

Wolfgang, ein gewiefter Geschäftsmann, verlangte, nachdem ihm Paul ein Bild von Trude gezeigt hatte, einhundert DM pro Treffen mit ihr. Nach dem ersten Treffen erhöhte er auf einhundertzwanzig. Paul war gezwungen, seine Forderungen zu akzeptieren.

Wie bereits erwähnt, war Wolfgang ein wirklich gewiefter Geschäftsmann. Er kaufte Frieder, für eine Einmalzahlung von eintausend DM, seine Montags-, Dienstags-, Donnerstags- und Samstagstermine ab. Es bedarf keiner besonderen Erwähnung, dass Wolfgang den Frieder-Tarif sofort bei Paul auf einhundertzwanzig DM erhöhte. Gleichzeitig heuerte er im Bekanntenkreis Liebeswillige an, die ihm für dreißig DM seine Arbeit abnahmen. Eigentlich wollte er fünfzig DM verlangen, musste jedoch sehr schnell einsehen, dass fast niemand bereit war, so viel für Trude zu bezahlen. Alle wären zufrieden gewesen, wenn, ja wenn erstens Paul nicht nach zwei Monaten pleite gewesen und zweitens das Schreiben vom Gesundheitsamt nicht gekommen wäre. In dem Schreiben wurde Trude aufgefordert, sich wegen Ausübung der Prostitution beim Gesundheitsamt untersuchen zu lassen.

Wolfgang beichtete Paul sofort alles. Der übernahm – mit Trudes Einverständnis – die Geschäftsidee von Wolfgang. So kam es, dass man in den Wochenendausgaben fünf Münchner Zeitungen folgende Anzeige lesen konnte: „Vollbusiges Rasseweib erfüllt ihm seine geheimsten Wünsche."

Man glaubt es kaum, wie viele Männer auf vollbusige Rasseweiber stehen. Fortan herrschte in Trudes Wohnung reger Publikumsverkehr. Dies lag weniger an Trudes Busen, noch an ihrer Rasse als vielmehr an ihren konkurrenzlos günstigen Preisen. Wie ein Lauffeuer verbreitete sich die Nachricht in der Stadt und im Umland, dass Trude für dreißig DM ohne und fünfunddreißig DM mit Gummi zu haben war. Den geneigten Freudenhausbesucher wird es nun sicherlich erstaunen, dass Trude mit Gummi fünf DM mehr verlangte. Nun, Trude war Geschäftsfrau, die sich Service gut bezahlen ließ. Bier, Jägermeister, Zigaretten, Gummi, alles gab es zum Einheitspreis von fünf DM.

Durch Trudes Fleiß – fünfundzwanzig Freier am Tag waren die Norm – hätten sie und Paul ein angenehmes Leben führen können, wenn, ja wenn Paul nicht seine Leidenschaft für teure Uhren, amerikanische Nobelkarossen, Bordellbesuche und Pokerrunden entdeckt hätte. Für einen Puffbesuch von Paul musste Trude sechs Freier ohne oder fünf mit Gummi bedienen. Obwohl sich Trude redlich bemühte, die Haushaltskasse zu füllen – sie erzählte später ihren jungen Kolleginnen gerne von ihrem Fünfzig-Freier-an-einem-Tag-Rekord – kam es, wie es kommen musste. Paul hatte bei den falschen Leuten Spielschulden angehäuft. Deshalb verließ er in einer Nacht- und Nebelaktion mit seinen Cowboystiefeln, einem Sack voll Schulden und mit Trude München, um sich in einer Kleinstadt in Baden-Württemberg niederzulassen. Obwohl Paul die Stadt nur zufällig als neues Domizil auswählte – das Geld für Benzin war ausgegangen – erwies sie sich als Glücksgriff. Am Rande der Stadt hatte sich eine Vielzahl von Industriebetrieben angesiedelt. Viele Industriebetriebe bedeuteten viele einsame und liebeshungrige Arbeiter aus aller Herren Länder – viele einsame und liebeshungrige Arbeiter aus aller Herren Länder bedeuteten viel Arbeit für Trude.

Paul verkaufte seinen Ford Mustang. Mit dem Erlös beglückte er Trude mit Schokolade, Eiscreme, Kartoffelchips, Bier, Gummis und dem mit Blattfedern verstärkten Wohnwagen. Der hatte bislang einer zehnköpfigen polnischen Maurerkolonne als Wohnstätte gedient.

Paul platzierte den Wohnwagen möglichst geschäftsbringend zwischen der größten Firma im Gebiet und dem Heim für Asylbewerber. Aus Ermangelung eines roten Herzens stellte er einen Leuchtturm mit rotem Blinklicht, welchen er bei seinem letzten Besuch auf St Pauli erworben hatte, ins Fenster. Den Strom für den Leuchtturm, eine Elektroheizung für Trude und einen Kühlschrank für Trudes Bier bezog er von einem geschäftstüchtigen Bewohner des Asylantenheims für fünf Freikarten pro Monat. Der geschäftstüchtige Bewohner des

Asylantenheims verkaufte, nachdem er Trude sah, seine Freikarten für fünfzig DM das Stück an Mitbewohner, denen er die Vorzüge Trudes schilderte, wie es nur ein orientalischer Basarhändler vermag. – Richtig kombiniert, Ahmet kam aus einem arabischen Land in die Kleinstadt. Heute lebt er in Holland als äußerst erfolgreicher Produzent von Pornofilmen. Den Grundstein für seinen Erfolg legte er zweifelsohne als Trudes Aufpasser, wenn Paul aufgrund eines Bordellbesuchs in der Landeshauptstadt diese Aufgabe nicht wahrnehmen konnte. Über ein Babyphon konnte Ahmet alles, was in Trudes Wohnwagen vor sich ging, mithören. Obwohl er der deutschen Sprache kaum mächtig war, beflügelte das Gehörte seine Fantasie derart, dass er bis zum heutigen Tage auf eine stattliche Anzahl von Drehbüchern für seine Filme zurückgreifen kann.

Es sollte mein erster richtiger Kriminalfall werden. Vor acht Tagen hatte ich meine Ausbildung zum Kriminalbeamten beendet und wurde sofort getreu dem Motto_ „Schmeißt ihn ins Wasser, damit er schwimmen lernt" zum Wochenenddienst eingeteilt. An besagtem Samstag, kurz vor 19.00 Uhr, erhielt ich einen Anruf von der Schutzpolizei. Es sei eine Vergewaltigung angezeigt worden. Den Vergewaltiger habe man festgenommen, ein Zeuge sei auf der Wache.

Auf der Wache angekommen, erklärte mir der Wachhabende, dass der Fall sehr kompliziert sei. Weder der Vergewaltiger noch der Zeuge würden so viel Deutsch sprechen, dass man aus der Sache schlau würde. Der Zeuge habe einen Zettel dabei gehabt, auf dem stand, dass die andere Person eine Frau vergewaltigt habe. Das einzige Beweisstück, den Zettel, habe der Vergewaltiger in einem unbeobachteten Moment an sich genommen und verschluckt. Diese Tat spreche einwandfrei dafür, dass der Mensch etwas zu verbergen habe. Da sich der Zeuge nicht ausweisen konnte, habe man ihn vorsorglich zusammen mit dem Zettelverschlucker in eine Zelle gesperrt.

In der Zelle saßen, wild diskutierend, Ahmet und Susa. Die Diskussion hatte bislang nicht viel gebracht, da keiner die Sprache des anderen verstand. Taktisch klug nahm ich mir zunächst den Zeugen Ahmet vor. Durch die Zunge eines Dolmetschers – es dauerte aufgrund eines Familienfestes zwei Stunden, bis er auf der Wache erschien – erzählte er mir den Tathergang. Demzufolge habe er Susa, welcher am Freitag in das Asylantenheim eingezogen war, eine Freikarte für Trude verkauft. Auf Nachfrage konnte ich in Erfahrung bringen, dass der Wert der Karten zwischenzeitlich von fünfzig auf fünfzehn DM gesunken war. Ergo hatte also Susa fünfzehn DM bezahlt. Drei Minuten nachdem Susa Trudes Wohnwagen betreten hatte, hörte Ahmet über das Babyphon ein lautes Geschrei, was ihn veranlasste, nach dem Rechten zu sehen. Er konnte sehen, wie Trude und Susa an einem Fetzen Papier, der einmal Susas Freikarte war, zogen. Beherzt stürzte sich Ahmet zwischen die Streithähne, was zur Folge hatte, dass er aufgrund der Enge des Wohnwagens mit seiner Nase gegen Trudes Knie stieß. Ahmets Nase zog den Kürzeren.

Nachdem man gemeinsam die gebrochene Nase fachmännisch versorgt hatte, schrieb Trude etwas auf einen Zettel, gab ihn Ahmet, rief ein Taxi und erklärte dem Taxifahrer, dass er Ahmet und Susa zur Polizeiwache fahren sollte. Der Taxifahrer kassierte seinen Kutscherlohn im Voraus und erklärte sich für zehn DM Aufzahlung bereit, den Polizisten zu erklären, dass Susa Trude vergewaltigt habe. Er hielt sich jedoch nur an einen Teil der Abmachung und warf Susa und Ahmet fünfzig Meter vor der Wache aus seinem Taxi.

Aufgrund Ahmets Schilderung war zumindest eines klar: Er betätigte sich als Zuhälter. Diese Tatsache wog umso schwerer, da es ihm als Asylbewerber verboten war, eine selbstständige Tätigkeit auszuüben. Ich ließ ihm durch den Dolmetscher erklären, dass er höchst unfein gegen deutsche Gesetze verstoßen habe, und brachte ihn wieder in die Zelle. Dort umarmte und küsste er den verdutzten Susa so herzlich, wie es ansonsten nur Mafiamitglieder tun.

Die Uhr auf der Wache zeigte mittlerweile die dreiundzwanzigste Stunde des Tages an, als der Dolmetscher für Nigerianisch – Susa kam ursprünglich aus Nigeria – endlich eintraf. Nun würde ich den Schleier, welcher über dem Verbrechen lag, endlich lüften. Susa war sehr kooperativ und erzählte den Tathergang offen und frei.

Nach dem Erwerb der Freikarte betrat er den Wohnwagen von Trude, um diese zu beglücken. Trude habe jedoch nicht zugelassen, dass er in ihre Lusthöhle eindrang, sondern rieb ihn – wie er es formulierte – zwischen ihren gewaltigen Oberschenkeln ab. Wegen entgangener Freuden forderte er umgehend seine Freikarte zurück, was ihm Trude jedoch nicht zugestand. Nach einer kurzen verbalen Auseinandersetzung habe Ahmet schließlich die Bühne betreten und ihn zur Polizei gebracht.

Susa beteuerte immer wieder, dass er nicht mit seinem Zauberstab in Trude gewesen sei. Selbst die Drohung ihn einzusperren ließ ihn nicht wanken, was ein untrügliches Indiz dafür war, dass er die Wahrheit sagte.

Ich entschloss mich Trude aufzusuchen. Ahmet und Susa verfrachtete ich zusammen mit den Dolmetschern in eine Zelle. Der geneigte Leser von Kriminalromanen wird sicherlich erkannt haben, was ich damit beabsichtigte:

Ich wollte einfach verhindern, dass die Dolmetscher nach Hause fahren und ich sie am Sonntag nicht mehr erreichen würde.

Es war genau ein Uhr und dreißig Minuten, als ich Trudes Wohnwagen erreichte. Um zwei Uhr und fünfzehn Minuten hatte sie die acht Freier, welche vor ihrem Wohnwagen standen, abgearbeitet.

Meine Versuche an der Schlange vorbeizukommen scheiterten trotz gezücktem Dienstausweis an einem zwei Meter großen Grobschmied, welcher als Letzter in der Schlange stand und der mich nur vorbeilassen wollte, wenn ich ihm eine schriftliche Erklärung von Ahmet bringen würde. Aus der Erklärung hätte hervorgehen müssen, dass seine Freikarte auch noch vierundzwanzig Stunden nach Erwerb Gültigkeit hat. Nach einer ersten Hochrechnung hätte das Beschaffen der Erklärung jedoch mehrere Stunden gedauert, weshalb ich mich geduldig hinter meinem groben Freund anstellte.

Endlich zu Trude vorgedrungen, konfrontierte ich sie mit der Aussage von Susa, wobei ich mein Augenmerk besonders auf die Sache mit den Schenkeln legte.

Sie erklärte sehr glaubwürdig, indem sie unter Zuhilfenahme eines Meterstabes die Länge von Susas Glied anzeigte, dass ein Mann, welcher mit einer solchen Länge ausgestattet ist, auf jeden Fall drin sein muss, egal wie umfangreich die Schenkel einer Frau sind. Somit stand Aussage gegen Aussage – ein Beweis musste her.

Irgendwie schaffte ich es, einen Gynäkologen des städtischen Klinikums zu überreden, in Trudes Wohnwagen zu kommen. Trude ins Klinikum zu verfrachten erschien mir unmöglich, zumal es Wochenende war und die Mietstationen für Kleintransporter geschlossen hatten.

Sinn der Untersuchung wäre es gewesen, Susa durch das Auffinden seines Spermas in Trudes Lusthöhle den Todesstoß zu versetzen. Wie gesagt, wäre es gewesen, wenn nicht die Aussage eines ziemlich bleichen Gynäkologen alles zunichtegemacht hätte. Seine Diagnose lautete wie folgt: „Keine Chance, da drin ist alles verklumpt. Das Sperma sieht aus wie die Altersringe eines Baumes. Ich kann ungefähr sagen, wie viele Freier Trude seit ihrem letzten Badetag hatte, damit ist dann aber auch meine ärztliche Kunst am Ende."

Nach Überreichen einer gewaltigen Kostennote (äußerst schwierige Untersuchung zur Nachtzeit unter äußerst schwierigen Bedingungen), einer Desinfektionslösung (kostenlos für mich) und ein paar tröstenden Worten (ebenfalls kostenlos) ließ er mich – nicht viel schlauer als zuvor – alleine.

Gegen 9.00 Uhr löste ich die gesellige Pokerrunde von Ahmet, Susa und den Dolmetschern auf und begab mich mit ihnen zum Amtsgericht, wo sich aufgrund des komplizierten Falles eigens ein Richter eingefunden hatte. Dieser prüfte eingehend die Fakten und fällte nach fünf Minuten ein salomonisches Urteil: Susa musste die eine Hälfte seiner Freikarte an Trude abgeben, die andere Hälfte fiel der Staatskasse zu. Der Gerechtigkeit war somit Genüge getan.

Abspann:
Paul kaufte mit einem Pokergewinn ein vierachsiges Wohnmobil und tingelt mit Trude durch die Industriegebiete der ganzen Welt.

Frieder kaufte Trudes Wohnwagen und baute ihn zu einem Imbiss um. Seine Spezialität: Riesen-Bockwurst mit Brötchen und Senf.

Wolfgang beschritt den zweiten Bildungsweg, er ist heute ein hoch bezahlter Manager in einer Gummifabrik.

Der Gynäkologe wechselte die Fachrichtung und wurde ein äußerst angesehener Ernährungsberater.

Susa – ja, falls es Sie interessiert, was aus Susa geworden ist – schauen Sie sich Ahmets Pornofilme an.

RUSSENMAFIA

Unbemerkt von der breiten Öffentlichkeit hatte sich die Russenmafia in unserer schönen Stadt breitgemacht. Ganze Straßenzüge wurden durch Strohmänner aufgekauft, die in den Gebäuden, Geschäften, Discos, Kneipen und Gaststätten untergebracht waren. Das Kundenaufkommen war jedoch so gering, dass sehr schnell klar wurde, dass hier Geld gewaschen wurde.

Auf der Suche nach der „Waschmaschine" gelang es mir, verdeckt Kontakt zu Paul Schmidt, ehemals Igor Grasnow, aufzunehmen. Igor hatte es nach seiner Immigration vom einfachen Arbeiter binnen kürzester Zeit zum Inhaber einer Im- und Exportfirma, mehrerer Bars, mehrerer Geschäfte, mehrerer Mietshäuser sowie einer Villa mit Swimmingpool in bester Lage gebracht. In diese Villa lud er mich nach einer längeren Kennenlernphase, in der meine Leber die Hölle durchmachte, ein.

Mein Gastgeber feierte seinen Geburtstag und hatte dazu neben mir weitere honorige Geschäftsleute, alle aus der ehemaligen Sowjetunion, eingeladen. Nach allerlei Lobesreden auf unseren Gastgeber, Hochrufen und Trinksprüchen, Demutsbezeugungen, Trinksprüchen, Schwüren, Trinksprüchen, Ehrerbietungen, Trinksprüchen und dem Überreichen von Geschenken wurde die Festtafel eröffnet. Bald ächzten die Tische unter üppigsten Speisen wie etwa Lammnüsschen auf Kaviar, getrüffelten Trüffel mit Kaviar, Lachsfilet auf Kaviar, Filet vom Elch neben Kaviar, Hechtklößchen unter Kaviar und Mousse au Chocolat, dazu Kaviar. Zu diesen Köstlichkeiten wurden französischer Champagner und russischer Wodka von Profikellnerinnen ohne Oberteil kredenzt.

Nach ungefähr sechs Stunden Schlemmen mit Wodka- und Champagnerpäuschen erhob sich das Geburtstagskind, um mir die große Ehre teil werden zu lassen, mit ihm zu saunieren. Neidvolle Blicke folgten dem Patron und seinem Günstling.

Nach dem ersten Aufguss, welcher von barbusigen Profiaufgießerinnen, die kurz zuvor noch Profikellnerinnen ohne Oberteil waren, durchgeführt wurde, erzählte mir das Geburtstagskind alles, was ich mir erträumt hatte. Aufgrund meiner Nacktheit fühlte sich der Erzähler so sicher, dass er mir alle Einzelheiten seiner kriminellen Karriere schilderte. Er erzählte, wie er als junger Mann nach Deutschland kam nur mit einem Stück Heimaterde, Papieren und einer Flasche Wodka in seinem Tornister. In dem Stück Heimaterde war eine Pistole versteckt, die Papiere belegten seine deutsche Abstammung, sodass er sofort Zugang zu den Kreisen des deutschen Hochadels bekam, und in der Flasche Wodka war Wodka. Der weitere Lebenslauf erinnerte mich sehr stark an den eines anderen Paten. Lediglich Zeit und Ort differierten und unser Geburtstagskind hatte es bislang noch nicht zum Romanhelden gebracht. Dies würde sich allerdings spätestens dann ändern, wenn die Aufnahmen des Spezialtonbandes zu Papier und einem Richter zu Gehör gebracht worden waren.

Das Spezialtonband, welches ich mir rektal eingeführt hatte, hatte den Titel „Wunderwerk der Technik" wahrlich verdient. Es hatte eine Batteriekapazität von drei Stunden und eine Kassettenlaufzeit von dreißig Minuten. Durch ein Zwinkern mit dem rechten Auge konnte ich es an- und abstellen. Mit dem linken Auge regelte ich das Mikrofon in meinem Schneidezahn sowie den automatischen Ausstoß von Gleitcreme, welche das teure Teil vor Beschädigung durch diverse Säfte meines Körperinneren schützte. Mit welchem Körperteil ich die Kassetten wechselte, bleibt mein Geheimnis.

Nach zwei Stunden Sauna hatte sich unser Erzähler für mindestens fünfzehn Jahre in das Gefängnis geredet. Meine Mission war erfüllt, ich konnte die gastliche Stätte verlassen, um die Beweise zu sichern. Dies wurde mir jedoch von der restlichen Geburtstagsgesellschaft verwehrt, die mich in ihre Polonaise, die von splitternackten Polonaiseanführerinnen, welche zuvor noch barbusige Profiaufgießerinnen und professionelle Kellnerinnen ohne Oberteil waren, angeführt wurde. Die Polonaise führte auch am Schwimmbad des Anwesens vorbei, in welchem eine traurige braune Brühe still vor sich hin plätscherte. Neben undefinierbaren Dingen schwammen in der traurigen braunen Brühe neben Wodka- und Champagnerflaschen auch Reste der erlesensten Speisen, eine halbverweste Wasserleiche sowie ungefähr ein Dutzend Partygäste, die ein erfrischendes Bad genossen oder ihren Rausch ausschliefen.

Nun unterscheidet sich die russische Polonaise um eine Nuance von der deutschen.

Statt seines Vordermannes umklammert man dabei eine Flasche Wodka, aus der man nach Beendigung jeder Runde etwas trinkt. Um Platz für weiteren Wodka zu schaffen, uriniert man ungeniert in ein Schwimmbecken. Falls keines vorhanden ist, tut es auch ein Blumentopf oder eine Bowle-Schüssel. Der große Vorteil eines Schwimmbades ist jedoch das höhere Fassungsvermögen und dass es die Möglichkeit bietet, sich nach einer anstrengenden Polonaise darin zu erfrischen.

Kaum berührte ich – von zarter Frauenhand in das Schwimmbad geschubst – mit meinen Füßen die Brühe, wusste ich, wie sich ein Suppenhuhn fühlt. Meine Haut brannte wie Feuer, offensichtlich war sie reines Wasser ohne Badezusätze nicht mehr gewohnt. Durch hektisches Auf- und Zuklappen des linken Augenlides versuchte ich den Ausstoß von Gleitcreme zu verzehnfachen, um zu verhindern, dass auch nur ein Tropfen des Schwimmbadinhaltes an das Tonband gelangte. Irgendwie geriet dadurch ein Tröpfchen in mein Auge, das daraufhin seinen Dienst aufgab. Als ich gerade das rechte Auge öffnete, um mich zu orientieren, stieß die Leiche, die ständig von den lebenden Badenden herumgeschubst wurde, gegen meinen Rücken. Ich tauchte unter, ruinierte mir dadurch meine letzte Sehhilfe und schluckte etwas von dem köstlichen Nass.

Im Pool hatte sich zwischenzeitlich eine vergnügliche Brühenschlacht entwickelt, wodurch mir das Entrinnen erschwert wurde. Von Schmerzen geplagt, suchte ich schnellstmöglich das nächste Krankenhaus auf. Dort wollte mir kein Mensch glauben, dass das schwarze zusammengeschmurgelte Plastikteil in meinem After einmal ein Tonband war. Nacheinander hielten mir der Chefarzt, der Krankenhauspsychologe und der Krankenhausgeistliche einen Vortrag über die negativen Auswirkungen extremer Sexualpraktiken auf Körper, Geist und Seele. Ich wusste allerdings absolut nicht, was man von mir wollte, da ich mein Gedächtnis verloren hatte, denn um mein Leben zu retten, wurden sämtliche Körperflüssigkeiten ausgetauscht. Beim Austausch der Hirnflüssigkeit verlor ich mein Gedächtnis und damit auch noch den letzten Beweis für die Machenschaften des Paul Schmidt.

Der liebe Gott scheint es mit der Russenmafia gut zu meinen.

Es bedurfte eines Jahres intensiver Pflege und eines Kuraufenthaltes, bis mein arg gebeutelter Körper seine Funktionen wieder einigermaßen im Griff hatte.

Ein weiteres Jahr später ereignete sich in unserer schönen Stadt ein tragischer Unfall. In der Villa eines gewissen Paul Schmidt erkrankten der Hausherr und circa fünfzig seiner Partygäste nach einem Bad im Swimmingpool. Sie verloren ihr Gedächtnis und trugen bleibende innere und äußere Schäden davon. Die Ermittlungen ergaben, dass der Villenbesitzer – ein honoriger und angesehener Bürger der Stadt – eine Firma damit beauftragt hatte, den verstopften Überlauf des Pools zu säubern. Bei dieser Gelegenheit wurde als besonderer Service das Becken gereinigt und frisches Wasser eingefüllt. Das saubere Wasser führte bei den Badenden – da für sie ungewohnt – zu schlimmsten Abwehrreaktionen des Immunsystems. Der anschließende Krankheitsverlauf hatte zur Folge, dass weder Paul noch einer seiner Gäste je wieder einer geregelten illegalen Tätigkeit nachgehen konnten. Das Imperium des Paul Schmidt brach auseinander – der liebe Gott scheint es doch nicht gut zu meinen mit der Russenmafia.

Die Lücke, welche die Russenmafia hinterließ, füllten nahtlos die chinesischen Triaden auf. Nächsten Samstag bin ich zu der Geburtstagsparty eines Herrn Ludwig Hoch, ehemals Lo Ho, eingeladen. Herr Hoch ist Besitzer mehrerer Stadthäuser, Restaurants, Geschäfte und einer Villa mit Swimmingpool in bester Lage.

GEHEIM

Eine der wichtigsten Voraussetzungen für das Funktionieren eines Beamtenapparates ist die Geheimhaltung. Um Schaden vom Bund oder den Ländern abzuwenden, wurde die Geheimhaltungspflicht eingeführt.

Da man sich in der Politikerkaste darüber im Klaren war, dass dem Wohle des Bundes oder der Länder noch mehr gedient wäre, wenn man sie (die Politiker) abschaffen würde, hat sie mit Weitblick (für die eigene Tätigkeit) ein Instrument geschaffen, mit dem man dem Beamten einerseits einen Maulkorb verpassen und hinter dem er sich andererseits verstecken konnte, falls unangenehme Fragen an ihn gestellt werden sollten. Da für besondere Fälle ein Verweis auf die Geheimhaltungspflicht nicht auszureichen schien, wurde – um neugierige Zeitgenossen abzuschrecken – das Datenschutzgesetz eingeführt. Belästigungen während der Arbeitszeit werden seither durch den Staatsdiener mit Hinweisen auf die Pflicht zur Geheimhaltung und der Pflicht, den Datenschutz einzuhalten, erledigt. Damit ist in der Regel der obersten Beamtenpflicht Genüge getan. Aufgrund höchst richterlicher Rechtsprechung, die Geheimhaltung betreffend, bleibt dem Beamten nur sehr wenig Spielraum zum Handeln. Bereits eine falsche Auskunft reicht laut den für und über das Volk Richtenden aus, um den Beamten wegen Geheimnisverrat zu belangen. Wie Sie nun unschwer erkennen können, ist es dem Beamten aufgrund der bestehenden Vorschriften und Urteile unmöglich, Ihnen auf eine Frage mit einem klaren „Ja" oder „Nein" zu antworten. Sie können höchstens mit einem sehr mutigen „Vielleicht" rechnen. Weniger mutige Beamte werden auf ihre Geheimhaltungspflicht und auf den Datenschutz verweisen.

Um eine klare und umfassende Antwort auf Ihre Frage zu erhalten, sollten Sie sich deshalb gleich an jene Spezialisten wenden, welche auch gerne als Volksvertreter bezeichnet werden, aber in Wirklichkeit Politiker sind.

Ihre Frage: „Scheint gerade die Sonne?"
    Antwort mutiger Beamter: „Vielleicht."
    Antwort weniger mutiger Beamter:
    „Tut mir leid, aber darüber kann ich Ihnen beim besten Willen keine Auskunft geben. Nicht dass ich das grundsätzlich nicht könn-

te – Wetterkunde war Bestandteil meiner Ausbildung und außerdem ist man als Beamter ja verpflichtet, sein Wissen auch außerhalb des eigenen Ressorts stets zu vervollkommnen. Ich kann Ihnen im Vertrauen sagen, dass Sie bei mir mit ihrer Frage genau richtig sind. Mein Hobby ist unter anderem die Wetterkunde. Sie sehen also, die Mär des Fachidioten trifft auf den deutschen Beamten in keinster Weise zu. Ich würde gerne, wenn ich dürfte, aber Sie wissen ja, die Pflicht, Geheimnisverrat, Datenschutz ..."

Antwort mutiger Politiker:
„Vielleicht, aber fragen Sie doch am besten den leitenden Beamten des zuständigen Ressorts."

Weniger mutiger Politiker:
„Auf diese Frage kann ich Ihnen beim besten Willen keine Antwort geben, weil eine Frage auf diese Antwort rein wissenschaftlich gesehen nicht möglich ist. Welche Norm hält fest, ob die Sonne scheint oder nicht? Es hängt doch, und das müssen sie einfach einsehen, von der subjektiven Empfindung des einzelnen Individuums ab. Jemandem, der die Sonne als scheinend empfindet, steht immer ein anderer gegenüber, der behaupten wird, die Sonne scheint nicht, weil er es so empfindet. Sie werden also feststellen können, dass ein Konsens in dieser Frage nicht möglich erscheint, wobei wir diesen natürlich im Gegensatz zur Opposition anstreben.

Im Übrigen werden Sie Verständnis dafür haben, dass die Frage eine Angelegenheit der inneren Sicherheit betrifft und somit der Geheimhaltung unterliegt. Weiterhin dürfte auch Ihnen klar sein, dass eine Antwort auf eine derart provokative Frage das Recht auf informelle Selbstbestimmung unserer lieben Sonne doch sehr verletzen würde.

Während Verordnungen, Gesetze und Rechtsprechung Garant für den geheimen Umgang mit Geheimnissen sind, ermöglicht es eine veraltete Technik den Lauschern an der Wand immer wieder, an polizeiliche Geheimnisse zu gelangen. Während in Entwicklungsländern längst der abhörsichere Digitalfunk eingeführt wurde, kann in Deutschland mit wenigen Handgriffen jeder etwas technisch Versierte ein Radiogerät so umbauen, dass es ihm den Polizeifunk ins Wohnzimmer liefert."

Als einem Polizisten mit Weitblick war mir sehr schnell klar, welch enormes Risiko für den Ermittler und dessen Ermittlungserfolg durch die antiquierte Technik bestand.

Fortan sollte es daher meine Lebensaufgabe sein, den Funk abhörsicher zu machen, um unsere Subkultur gegen Eindringlinge zu schützen, dem Geheimhaltungsbedürfnis und dem Datenschutz Rechnung zu tragen und vor allem, um zu verhindern, dass manch geistiger Erguss die eigenen Reihen verlässt. Meine technischen Experimente musste ich – für mich wirklich unverständlich – nach dem Beinahe-Absturz eines Flugzeuges auf dem Landesflughafen, dem „kontrollierten" Absturz einer Raumstation und der Zerstörung des Fernsehers in unserem Aufenthaltsraum aufgeben.

Eine untechnische Lösung musste her, ein Code, den kein Außenstehender knacken konnte. Nun gibt es diesen schon, seit es Polizei und drahtlose Kommunikation bei der Polizei gibt – allerdings nicht den Anforderungen eines Perfektionisten wie mir genügend.

Für die kleinen Dinge des Alltags wohl ausreichend war er für die Bewältigung der immer anspruchsvoller werdenden Aufgaben der Polizei doch zu einfach gestrickt.

Beispiel:
Funkspruch an eine Streifenwagenbesatzung:
„Sieglinde einundfünfzig zwölf für Sieglinde eins drei kommen."
„Hier Sieglinde einundfünfzig zwölf kommen."
„Hier Sieglinde eins drei. Haben Sie Auftrag?" „Hier Sieglinde einundfünfzig zwölf, keinen Auftrag, kommen." „Hier Sieglinde eins drei. Fahren Sie zum Saumarkt. Dort sind drei Lkws geparkt, lassen Sie die abschleppen, kommen."
„Hier Sieglinde einundfünfzig zwölf, verstanden."
„Hier Sieglinde einundfünfzig acht. Sieglinde einundfünfzig zwölf, bringen Sie mir auch zwei Lkws mit, kommen."
„Hier Sieglinde einundfünfzig zwölf verstanden. Normal? Kommen." „Hier Sieglinde einundfünfzig acht, ja, kommen."
„Hier Sieglinde einundfünfzig zwölf verstanden. Sonst noch was? Kommen."
„Hier Sieglinde einundfünfzig dreizehn. Für uns drei Lkws. Einen mit Zwiebeln, einen normal in einem Laugenweck und einen mit einer extra dicken Scheibe, kommen."
„Hier Sieglinde einundfünfzig zwölf, verstanden, fahren Metzgerei Sack an, kommen."
Ein Außenstehender, der dieses Gespräch belauscht, wird sicherlich nicht darauf kommen, dass mit Lkws nicht Lastkraftwagen gemeint sind, sondern Leberkäseweckerl.

Aus der Not geboren, blieb diese Art der Codierung jedoch nur eine Notgeburt. Mir schwebte eine Codierung vor, die jeden Geheimdienst vor Neid erblassen lassen sollte. Zugute kam mir die Tatsache, dass ein Polizist im Funkverkehr in der Regel mit fünfzehn Worten auskommt, von denen er, ebenfalls in der Regel, zwölf fließend aussprechen kann.

Genial einfach, aber einfach genial, versah ich die zwölf Worte mit Zahlen:

- Nein . . . . eins
- Ja . . . . zwei
- Verstanden . . . . drei
- Fahren . . . . vier
- Erledigt . . . . fünf
- Zurück . . . . sechs
- Links . . . . sieben
- Rechts . . . . acht
- Vor . . . . neun
- Standort . . . . zehn
- Weiter . . . . elf
- Vesper . . . . zwölf

Nach einiger Übung funktionierte mein Code hervorragend.

Hier ein Beispiel:
Auf der Wache wird dringend Vesper benötigt. Dies hört sich dann in der Funksprache folgendermaßen an:

„Sieglinde einundfünfzig für Sieglinde eins, kommen."
„Hier Sieglinde einundfünfzig, kommen."
„Hier Sieglinde eins; zwölf." (Klartext: Hier Sieglinde eins, Vesper)
„Hier Sieglinde einundfünfzig; zehn Linsenstraße."
(Klartext: Hier Sieglinde einundfünfzig. Standort Linsenstraße)
Mit Hilfe der Zahlen sieben, acht und neun wird der Streifenwagen schließlich zur Metzgerei Sack gelotst.
„Hier Sieglinde eins; zehn Lk." (Klartext: Hier Sieglinde eins, Standort Leberkäse) Nun wird der Einkaufsbeamte zu der gewünschten Ware gelotst.

Beispiel:
    sieben = links = Abgekochtes
    noch einmal; sieben = links vom Abgekochten = Fleischküchle
oder
    Standort Lk
    acht = rechts = Bierschinken
    noch einmal; acht = rechts vom Bierschinken = Leberwurst
    Mit der Fünf und der gewünschten Anzahl wird der Kauf perfekt gemacht.

Beispiel:
    „Sieben, fünf, zehn." (Klartext: Abgekochtes, erledigt, zehn Stück)

Nun werden Sie sich sicher fragen, woher der Bestellende weiß, wie weit links, rechts, vor oder zurück vom Leberkäse sein gewünschtes Vesper liegt. Dazu kann ich Ihnen aus eigener Erfahrung sagen, wenn der Beamte was im Kopf hat, dann sind das die Auslagen der Metzgereien in seinem Bezirk.

Selbstverständlich lässt sich mein Code auch für andere dienstliche Tätigkeiten anwenden.

Nach einer Erprobungsphase verkaufte ich Lizenzen an sämtliche Polizeidienststellen dieser Welt. Nachdem mein Code die Prüfstadien bei der US-Army durchlaufen hat, wird er demnächst unter dem Codenamen ‚LKW' die doch leicht zu dechiffrierenden bisherigen Codes und die teuren Navigationssysteme sämtlicher Armeefahrzeuge, einschließlich jener in Schiffen, Flugzeugen und Raketen, ablösen.

Kaufen Sie ‚LKW'-Aktien, solange sie noch bezahlbar sind!

KUR

Wer meine Erlebnisse mit der Russenmafia gelesen hat, weiß, weshalb ich eine Kur beantragte. Spätestens nach Erledigung aller notwendigen Formalitäten war ich endgültig kurreif.

Ich kann Ihnen nur empfehlen, bei voller Gesundheit eine Kur zu beantragen. Lassen Sie einfach noch die Zeile für das Leiden, das durch die Kur gelindert oder behoben werden soll, offen. Bis Sie die Genehmigung in der Tasche haben, haben Sie sich so viele körperliche und geistige Gebrechen zugezogen, dass Sie genügend Auswahl haben.

Mit dem Gefühl, einmal im Leben richtig für etwas gearbeitet zu haben, führt der Weg des Heilung-Suchenden – in der Regel per Bahn zweiter Klasse – in eine Kureinrichtung, wo er in die Gemeinschaft der Kurantragsgeschädigten aufgenommen wird. Wochen der Ruhe und Entspannung, lediglich unterbrochen durch Anwendungen und die gemeinschaftliche Einnahme der Mahlzeiten, liegen vor ihm.

Nach einer zehnstündigen Bahnfahrt kam ich völlig entspannt an der mir zugewiesenen Kurklinik an. Ich wurde freudig von einem weiblichen Feldwebel begrüßt, der mich mit einem Blick auf die Uhr darauf aufmerksam machte, dass in zwanzig Minuten Feierabend sei. Um die Eingangsuntersuchung in dieser knapp bemessenen Zeit durchführen zu können, wurde mir höflich, aber sehr bestimmt befohlen, alles ohne Widerrede durchzuführen, was man von mir verlangte. Auf meine zaghafte Bitte, die Untersuchung auf morgen zu verschieben, erhielt ich eine Strafe von zwanzig Liegestützen. Weiters wurde ich dazu verdonnert, einen Aufsatz darüber zu schreiben, weshalb eine Eingangsuntersuchung, Eingangsuntersuchung und nicht Schon-einen-Tag-da-Untersuchung heißt.

Nackt, wie Gott mich erschuf, wurde ich von einer Schwesternschülerin eingehend in Augenschein genommen und jede noch so kleine Auffälligkeit dokumentiert. Dann wurde mir von einer weiteren Schwesternschülerin Blut abgenommen. Eine dritte stellte meine Größe und mein Gewicht fest und befragte mich nach Krankheiten meiner gesamten Ahnen. Die Untersuchungen meines Rachenraumes, der Nasenhöhlen, der Prostata und meines Enddarmes wurden mit militärischer Präzision durch den Feldwebel selbst – unter den wissbegierigen Augen der Schülerinnen – durchgeführt.

Ich fühlte mich nach der fünfminütigen Untersuchung (ohne Liegestütze hätte sie nur drei Minuten gedauert) so miserabel, dass das Untersuchungsergebnis nur wie folgt lauten konnte: Der Patient befindet sich bei Aufnahme in unser Haus in einem äußerst schlechten allgemeinmedizinischen Zustand.

Völlig erschöpft schleppte ich mich in das mir zugewiesene Zimmer, um mir eine heiße Dusche zu gönnen. Da mir die Kraft zum Anziehen fehlte, schlich ich nackt durch die Gänge, was mich bei den Mitkurern sofort als Neuankömmling outete.

Irgendwie hatte es der Feldwebel geschafft, mich unbemerkt zu überholen. Sie erwartete mich bereits ungeduldig, um von mir Mittelstrahlurin zu fordern. Dass es auch wirklich der Mittelstrahl war, wurde von ihr peinlich genau überwacht.

Endlich geduscht sank ich sofort in einen ohnmachtsähnlichen Schlaf, aus dem mich die Nachtschwester riss. Aufgrund meines schlechten Gesundheitszustandes hatte sie der Feldwebel angewiesen, alle Stunden nach mir zu schauen, um Blutdruck, Puls und Fieber zu messen. Meine erste Nacht verlief, lediglich unterbrochen durch die Nachtschwester und die erbärmlichen Schreie der Kurgäste, die schon längere Zeit da waren, ruhig und friedlich.

Der Tag begann mit einem von den Kostenträgern angeordneten Zählappell, der in eine ärztliche Untersuchung mündete. Untersucht wurde mein gesamter Körper, wobei jede Auffälligkeit dokumentiert wurde. Man nahm mir Blut ab, stellte mein Gewicht und meine Größe fest, befragte mich erneut nach den Krankheiten meiner Ahnen. Nach der Untersuchung meines Rachenraumes, der Nasenhöhlen, der Prostata und meines Enddarmes wurde mir ärztlich bescheinigt, dass ich mich in einem erbärmlich schlechten gesundheitlichen Zustand befand. – Viel schlechter als bei der gestrigen Untersuchung.

Im Gegenzug für meinen zehnseitigen Aufsatz mit dem Thema „Weshalb die Eingangsuntersuchung Eingangsuntersuchung und nicht „Ich-bin-schon-einen-Tag-da-Untersuchung" heißt, erhielt ich einen fünfzigseitigen Therapieplan, der mein Leben für die nächsten Wochen bestimmen sollte. Aufgrund meines wirklich miserablen gesundheitlichen Zustandes sollten mir sämtliche Einrichtungen eines modernen Kurbetriebes zugute kommen.

Mein zaghafter Einspruch, dass ich laut Plan von sechs Uhr morgens bis einundzwanzig Uhr abends keine freie Minute hätte, wurde mit einem freundlichen „Wir wissen schon, was für Sie gut ist" abgelehnt.

Weshalb ich Vorträge über die Gefahren von Übergewicht und einen Diätkochkurs besuchen sollte, getraute ich mich nicht mehr zu fragen, da zwischenzeitlich der Feldwebel das Arztzimmer betreten hatte, um mir höflich, aber bestimmt zu erklären, dass ich schon seit einer Minute in der Bäderabteilung sein müsste.

Nach einem Bad in warmem Meerwasser verspürte ich leichten Hunger. Immerhin war es bereits dreizehn Uhr und das Frühstück musste wegen einer äußerst dringenden ärztlichen Untersuchung ausfallen.

Im Speisesaal wurde ich darüber informiert, dass das Mittagessen nur bis dreizehn Uhr ausgegeben wird. Man tröstete mich mit der Aussicht auf ein opulentes Abendessen und dem Rat, dass ein bisschen Fasten noch niemandem geschadet hätte. Das laut Plan nun stattfindende Mittagsschläfchen konnte von mir aufgrund meines knurrenden Magens nicht durchgeführt werden und der folgenden Yogastunde wurde ich verwiesen, da ich bzw. mein Magen diese nachhaltig störte.

Bei der Wassergymnastik warf man mir ständig böse Blicke zu, da man mir unterstellte, ich würde ins Wasser pupsen. Dabei war ich doch nur am Verhungern. Endlich, gegen 18.30 Uhr, konnte ich zwischen Blutdruckmessen und einem Vortrag über Stressbewältigung den Speisesaal aufsuchen. An meinem Platz stand ein leerer Teller. Zwei vollschlanke Damen, jede wog ungefähr das Dreifache von mir, hießen mich an ihrem Tisch herzlich willkommen. Beide kurten, um durch strengste Diät ein paar Pfündchen loszuwerden. Von der etwas Älteren, die sofort Muttergefühle für mich entwickelte, wurde mir erklärt, dass man der Meinung war, dass ich, wie schon beim Frühstück und beim Mittagessen, nicht mehr erscheinen würde. Da man meinen schönen Wurstteller nicht zurückgehen lassen wollte, habe man sich geopfert und ihn aufgegessen. Dies tat der Diät aber keinen Abbruch, da man seit der Ankunft vor acht Tagen bereits je dreißig Gramm abgenommen habe und es heute Abend nur Hüttenkäse als Diätkost gab. Auf meinen hungrigen Weg gab man mir noch den guten Rat mit, ich solle in Zukunft tüchtig essen, sonst würde ich noch vom Fleisch fallen. Außerdem würde ein Mann in meinem Alter unbedingt einen Bauch brauchen und zu guter Letzt könne man aufgrund der strengen Diätvorschriften nicht immer mein verschmähtes Frühstück, Mittagessen und Abendessen verzehren, das man ja nicht umkommen lassen könne.

Am nächsten Morgen verließ ich die Frühgymnastik und saß Punkt sieben Uhr an meinem Tisch. Meine Tischnachbarn hatten bereits Platz genommen. Es entwickelte sich eine lebhafte Konversation, zumal ich beim Anblick des üppigen Frühstückstellers bester Laune war. Voller Interesse erkundigten sich meine Tischdamen nach dem Grund meines Aufenthaltes. Bald stellte sich heraus, dass sie – was die Ernährung anbelangt – absolute Experten waren. Kurzum, nichts auf meinem Teller, außer der Scheibe Vollkornbrot, war als Nahrung geeignet, um meine Gebrechen zu lindern. Gerne beugte ich mich dem Expertenurteil und nahm dankbar zur Kenntnis, dass man bereit sei, mir die ungesunde Vollkost abzunehmen. Dies fiel meinen Ernährungswissenschaftlerinnen nicht einfach, aber schließlich hatte man ja nicht meine Gebrechen und außerdem, aufgrund strengster Diät, schon dreißig Gramm reinstes Körperfett abgenommen.

Als ich zum Mittagessen kam, hatten mich die Damen dankenswerterweise bereits vom Anblick eines für meinen Zustand absolut tödlichen Schweineschnitzels nebst Kartoffeln befreit. Das gedünstete Gemüse schmeckte vorzüglich, machte aber leider nicht satt. Für das Abendessen wurde ich für zehn Euro von einer Reinigungskraft zehn Minuten früher in den Speisesaal gelassen. Dafür musste ich zwar den Vortrag über Magersucht schwänzen, aber lieber dumm sterben als vor Hunger.

Wie mir die zwei nettesten Damen der Welt lächelnd erklärten, hatten sie die Herrscherin über den Speisesaal mit fünfzig Euro bestochen, damit sie diesen immer fünfzehn Minuten vor der eigentlichen Öffnungszeit betreten konnten. Große Menschenmengen lösten bei ihnen angeblich immer Beklemmungen aus, besonders wenn sie auf diese in Speisesälen trafen. Außerdem würden sie aus Erfahrung wissen, dass Menschen, welche Diät halten müssten, alle möglichen Tricks anwenden, um die strengen Vorschriften zu umgehen. Ich selbst sei ja das lebende Beispiel. Mir wurde die vollste Unterstützung zugesagt, meinen willigen Geist beim Kampf gegen mein schwaches Fleisch gegen einen Obolus von fünfzig Euro zu unterstützen. Mein Einwand, ich müsse keine Diät halten, sondern Gewicht zulegen, wurde sofort fachmännisch als plumpe Ausrede entlarvt.

Ich zog sämtliche Register, setzte jede kriminalistische List, die mir geläufig war, ein, um nur ein einziges Mal an ein komplettes Essen zu kommen. Ohne Erfolg. Meine mütterlichen Freundinnen waren mir stets einen Schritt voraus, um über meine Gesundheit zu wachen. Aufgrund meiner fortschreitenden körperlichen Schwäche war es mir nur selten möglich, mein Zimmer zu verlassen, geschweige denn meinen Therapieplan zu erfüllen.

Meine Engel traten einen Tag vor mir die Heimreise an. Jede hatte während ihres Kuraufenthaltes zehn Kilogramm zugenommen. Zu Hause wären es mindestens zwanzig gewesen. Die Diät war also ein voller Erfolg.

Ich kam in den Genuss, einen Tag lang zu schlemmen, was das Herz begehrte. Zur Strafe rebellierte mein Magen-Darmtrakt ob der ungewohnten Arbeit die ganze Nacht. – Das kommt davon, wenn man den Rat von Ernährungswissenschaftlerinnen nicht befolgt.

Bei der Ausgangsuntersuchung wurde schriftlich festgehalten, dass sich mein schlechter gesundheitlicher Zustand trotz aller Bemühungen des Personals nur leicht verbessert habe. Dies könne nur auf eine eklatante Missachtung des Therapieplanes durch meine Person zurückzuführen sein. Als Beweis war eine Liste beigefügt, aus der hervorging, wie viele Anwendungen und lehrreiche Vorträge ich nicht besucht hatte bzw. frühzeitig verließ.

Als Zeuginnen waren meine Lebensretterinnen aufgeführt.

Die Rechnung des Kostenträgers erreichte vor mir meine heiß geliebte Familie. Die bereits zugesagte Kostenübernahme wurde wegen Verstoßes gegen die Kurordnung zurückgezogen. Trotz der finanziellen Einschnitte – eine erfolgreiche Kur kostet eine ganze Menge – wurde ich von meiner Frau wieder so weit aufgepäppelt, dass ich meinen Gewichtsverlust innerhalb von fünf Wochen wieder wettmachen konnte. Mittlerweile erfreue ich mich wieder bester Gesundheit.

Gestern erhielt ich die Aufforderung des Polizeiarztes, aufgrund meines fortgeschrittenen Alters eine Kur anzutreten, um zu gewährleisten, dass meine volle Arbeitskraft dem Land erhalten bleibt.

DIE HOHE KUNST
DER OBSERVATION

Eine wahre Kunst ist zweifelsohne das Beobachten einer Person über einen längeren Zeitraum (im Fachjargon ‚Observation' genannt), ohne dass man von der Person bemerkt wird. Sowohl der Observant als auch der Observierte streben die Vollkommenheit an. Scharfsinn und Geist eines Schachprofis und die Kondition eines Zehnkämpfers sowie die Anpassungsfähigkeit eines Chamäleons sind die Minimalvoraussetzungen eines Observanten. Eine genaue Planung unter Einbeziehung jeglicher Information über den zu Observierenden sind das A und O für die Wahl der richtigen Strategie und damit für das Gelingen der Operation.

Bei der Polizei stehen fünf Strategien zur Auswahl, welche unterschiedliche Schwierigkeitsgrade aufweisen. Hier eine Übersicht, gestaffelt nach Schwierigkeitsgraden.

Erklärung des Lesers:
Hiermit erkläre ich, dass ich die Strategien nicht an Dritte weitergeben, sie nicht selbst anwenden und, falls ich selbst observiert werde, nicht gegen den staatlichen Observanten verwenden und vierzehn Tage nach dem Lesen komplett vergessen werde.

....
  Datum, Ort, Unterschrift

1. Observation in bürgerlicher Kleidung zu Fuß

2. Observation in bürgerlicher Kleidung mit einem bürgerlichen Pkw

3. Observation in Uniform zu Fuß

4. Observation in Uniform mit Streifenwagen

5. Observation in Uniform mit Streifenwagen und eingeschaltetem Sondersignal

Während Strategie drei, vier oder fünf nach kürzester Zeit beherrschbar sind, gehören Nummer eins und zwei zu den Strategien, die jahrelanges Training erfordern.

„Woran liegt das, warum ist das so? Mit Uniform und Streifenwagen fällt man doch sofort auf!", wird sich der in polizeilichen Dingen nicht Bewanderte nun fragen.

Hier die logische Antwort: Ist es Ihnen nicht auch schon so ergangen, dass sie kurz aufblicken, wenn Sie einen uniformierten Polizisten sehen oder ein Martinshorn hören, um dann sofort, wenn Sie merken, dass man nichts von Ihnen will, Ihre Tätigkeit fortsetzen, um ja nicht die Aufmerksamkeit der Ordnungshüter zu erregen?

Ein Zivilist, welcher Ihnen jedoch zweimal innerhalb kurzer Zeit begegnet, wird von Ihnen mit Sicherheit argwöhnisch beäugt werden, um in Erfahrung zu bringen, was der Kerl von Ihnen oder Ihrer näheren Umgebung will. Logisch, oder?

Nun zu einem Fall, der Ihnen zeigen wird, weshalb man mich in Gangsterkreisen ehrfurchtsvoll ‚das Chamäleon' nannte.

Meine künstlerische Ader, welche ich zweifelsohne in die Wiege gelegt bekam, ermöglichte es mir, während meiner Tätigkeit beim Rauschgiftdezernat einen gar ritterlichen Kampf auszutragen und zwar mit Pitt, dem Schrecken aller Observanten.

Pitt hatte es vom Kleindealer zum Drogenboss in der Stadt gebracht, indem er seine väterlicherseits ererbte Kunst des Nicht-erwischen-Lassens fast zur Perfektion ausgefeilt hatte. Seinem eigenen Kunststil, welchen er gerne in geselliger Runde als Neoklassizismus bezeichnete, hatte er Stilrichtungen kurdischer, russischer, italienischer, thailändischer und nigerianischer Drogendealer hinzugefügt, was ihn zu einem multikulturellen Künstler werden ließ.

DER FEHDEHANDSCHUH

Es war ein lauer Sommerabend, als ich mit wachsamem Auge durch die engen Gassen der Altstadt schlenderte, um meinen Auftrag, den Bürger vor Ungemach zu schützen und falls erforderlich Spitzbuben nach getaner Arbeit dingfest zu machen, durchzuführen, und ich Pitt aus einer Edelkarosse eines namhaften schwäbischen Automobilherstellers steigen sah. Die Edelkarosse war nicht nur edel, sie war auch gülden lackiert. Das ‚S' in der Typenbezeichnung sowie die Alufelgen zeigten dem neidischen Betrachter: Mein Besitzer hat es zu etwas gebracht. Betrachtete man nun den Besitzer selbst, welcher bestickte Cowboystiefel mit Stahlkappen an den Spitzen, eine schwarze Lederhose und ein schwarzes Rüschenhemd trug, fragte man sich als Ermittler sofort, wie hat der Besitzer der Edelkarosse es zu etwas gebracht?

Um dies herauszubekommen, entschloss ich mich kurzerhand festzustellen, was der Herr in Lederhose vorhatte, sprich, ich entschloss mich, ihn zu observieren oder wie der Schwabe sagt: ‚I han denkt, dem schlappsch mal nach."

Also heftete ich meinen Blick an die Absätze der Cowboystiefel und folgte ihrem Träger in angemessenem Abstand. Nach einem Fußmarsch von circa fünf Minuten stoppten die Stiefel plötzlich und drehten sich so, dass ich die Absätze aus dem Blick verlor und stattdessen die Stahlkappen auf mich zukommen sah, was nichts Gutes verhieß.

Mit vor Zorn gerötetem Kopf baute sich Pitt vor mir auf und brüllte durch die Stille der sonst so ruhigen Altstadt: „Was willst du von mir, warum gehst du mir nach?"

Ich gebe zu, dass ich absolut perplex war. Ich stammelte etwas von „Was willst du?" und „Nicht ganz dicht?" und machte mich schleunigst aus dem Staub.

Der Fehdehandschuh, den Pitt mir ins Gesicht geschleudert hatte, brannte auf meiner rechten Backe wie Feuer, meine Backe schrie von nun an Tag und Nacht nach Rache. Und so kam es, wie es kommen musste. Üble Subjekte, welche das Eigentum anderer nicht respektieren, hatten in einer Nacht- und Nebelaktion mit schwarzer Sprühfarbe das Wort „Krieg" auf die Motorhaube von Pitts Statussymbol gesprüht.

Ich hatte den Fehdehandschuh zurückgeschleudert.

DAS DUELL

Die Zeit, in der Pitt damit beschäftigt war, die Urheber des Anschlags auf sein liebstes „Kind" zu ermitteln, nutzte ich effektiv zu Kriegsvorbereitungen. Im Einzelnen entwarf ich für jede erdenkliche Situation einen Schlachtplan. Nach Fertigstellung und Auswendiglernen von 1142 Schlachtplänen ging ich daran, mir geeignete Observationsmittel zu beschaffen.

Beschafft wurden:
- Zwei Nachtgläser
- Zwei Tarnanzüge
- Schwarze Gesichtscreme
- Je eine vollständige Garnitur eines Postbeamten, eines Feuerwehrmannes, eines Angestellten der Stadtwerke, eines Arztes, eines Sanitäters, eines Kaminfegers, einer Krankenschwester, einer Politesse und eines Draculas – gab es vom Kostümverleih für Großkunden gratis dazu
- Zwei Motorräder mit je fünf in unterschiedlichen Farben lackierten Tanks zum Wechseln
- Zwei Pkws mit Fünfschichtlackierung, welche je nach Lichteinfall eine andere Farbe annahm
- Einhundert Einmannpackungen der Bundeswehr mit geringfügig überschrittenem Haltbarkeitsdatum
- Fünfhundert Kilogramm Kaffee einer bekannten Handelskette für Billiglebensmittel
- Einhundert Schriften von „Der Wachtturm"
- Diverse Kleinteile wie Schlafsack, Besteck, Klopapier, Fruchtsaft, usw.

Weiters wurde von mir das Schlachtfeld präpariert, indem ich den Baum vor Pitts Wohnung so weit aushöhlte, dass ich bequem darin Platz fand. Vor Pitts Stammkneipen eröffnete ich je einen Kiosk, neben seiner Stammtankstelle einen Dönerstand. In den engen Gassen der Altstadt ließ ich diverse Bauzäune erstellen, welche einen hervorragenden Sichtschutz boten. Sämtliche Einstiegsmöglichkeiten in die Kanalisation wurden von mir überprüft und – wenn notwendig – gangbar gemacht. Ich bereitete mich auf die bevorstehende Auseinandersetzung durch Besuche bei Verwandlungskünstlern, Zauberern und Illusionisten, durch das Absolvieren von Schminkkursen, einer Schneiderlehre, einer Lehre für Perückenmacher, durch ein Training für Formel-Eins-Piloten und das Ablegen einer

Prüfung für Hubschrauberpiloten vor (Die Polizeihubschrauberstaffel hatte mir ihre Unterstützung mit der fadenscheinigen Begründung versagt, dass ihre Hubschrauber zu groß für die Gassen der Altstadt wären).

Genau drei Jahre, zwei Monate, vier Tage und sieben Stunden nach dem Fehdehandschuhwurf stand ich Pitt in der Verkleidung eines Gassenhundes gegenüber. Ich observierte ihn drei Monate lang nach allen Regeln der Kunst.

Ich folgte ihm, in allen erdenklichen Tarnungen, wo immer er auch hinging oder -fuhr. Ich schwamm als Plastikente verkleidet in seiner Badewanne, hing als Spiegel über seinem Bett, stand als Nutellaglas in seiner Küche und als Bürste in seinem WC.

Jedoch, was ich auch anstellte, Pitt fand immer eine Möglichkeit, mich kurzzeitig abzuhängen, um seine Geschäfte durchzuführen. Er hängte grundsätzlich alles, was sich hinter ihm bewegte, ab und wenn es nur ein Regenwurm oder eine Mücke war.

Ich war kurz davor, geschlagen das Schlachtfeld zu verlassen, als mir das Schicksal zuwinkte. Ich hatte mich als Parkbank verkleidet und fast fünfunddreißig Minuten lang das Gewicht eines Sumoringers ertragen, als ich einen Blick in dessen Zeitung werfen konnte. Neben einem Bild, aus dem das Blut hellrosa hervorströmte, fand ich in meinem Horoskop die salbungsvollen Worte: „Rennen Sie Ihrem Schicksal nicht hinterher, schreiten Sie vor ihm her".

Wie vom Donner gerührt empfing ich in Begleitung göttlicher Musik die Lösung, wie ich Pitt auf frischer Tat ertappen konnte. Ich warf den Ringer mit samt seinem Gettoblaster auf den Boden, entledigte mich meiner Verkleidung und wartete, bis Pitt auftauchte. Dann schritt ich im Abstand von fünf Metern vor ihm her. Als er sich in sein Fahrzeug setzte und losfuhr, hatte ich schon zehn Meter der Strecke mit meinem Auto zurückgelegt.

Als er den Ort, an dem seine Kundschaft auf ihn wartete, betrat, war ich schon seit zwei Minuten dort. Noch bevor er sein Heroin verkaufte, hatte ich ihn schon festgenommen.

Die Taktik, mit der ich Pitt dingfest gemacht und die mir letztendlich einen grandiosen Sieg eingebracht hatte, wurde unter meinem Namen in die Lehrpläne der Polizei aufgenommen und in die Handbücher für moderne Kriegsführung eingetragen. Ich hatte den Begriff der vorauseilenden Observation geprägt.

Diverse Angebote aus Mafiakreisen die Mitglieder gegen ein fürstliches Entgelt in einer Gegentaktik zu meiner Taktik zu schulen, wurden von mir selbstverständlich abgelehnt. Dank und Anerkennung unseres Landesvaters waren mir Lohn und Ehre genug.

DIE ELFTE PLAGE

Und es begab sich zu der Zeit, dass Erwin Teufel Landesfürst im Musterländle war:

Gott: „Die Menschen stinken mir schon wieder. Sie führen sich auf, als wären sie ich. Insbesondere die Deutschen mit ihrer Arroganz gehen mir auf die göttlichen ... *(von der Katholischen Kirche zensiert).*

(Anmerkung des Verfassers: Gelege von Vögeln mit vier Buchstaben. Mehrzahl.)

Berater: „Was gedenkt Ihr zu tun, oh einziger Gott?"

Gott: „Wir schicken ihnen eine Plage an den Hals."

Berater: „An welche spezielle habt Ihr dabei gedacht, oh Allmächtiger?"

Gott: „Ich verwandle das Wasser in ihren Flüssen und Seen in Blut, auf dass es sie dürste."

Berater: „Das hatten wir schon einmal, oh Allwissender. Außerdem löschen die Deutschen ihren Durst mittlerweile mit Bier und einem klebrigen Saft, welchen sie Cola nennen. Die Plage scheint mir nicht geeignet, sie dürsten zu lassen."

Gott: „Dann lasse ich Frösche auf ihr armseliges Land regnen, auf dass es sie ekele."

Berater: „War auch schon mal da, oh Wahrhaftiger, hat aber auch schon damals bei den Ägyptern keine Wirkung gezeigt. Außerdem gebe ich zu bedenken, dass die Deutschen mittlerweile die Essgewohnheiten ihres westlichen Nachbarn angenommen haben."

Gott: „Dann peinige ich sie mit Scharen von Stechmücken."

Berater:	„Haben sie bereits zuhauf in den Rheinauen und an ihren Seen. Ist auch nicht neu, oh Erschaffer der Welt."
Gott:	„Ungeziefer?"
Berater:	„Ausgelutscht, oh Gnadenreicher. Hat sich in Deutschland in allen Bereichen der Gesellschaft, insbesondere in den oberen Etagen, festgesetzt, ohne dass es jemanden stört."
Gott:	„Jetzt hab ich's! Ich lasse die Pest über ihr Vieh kommen."
Berater:	„Ihr gesamter Viehbestand in den Zuchtanlagen hat die Pest und andere Krankheiten. Das stört sie schon lange nicht mehr. Sie sind Deutsche, keine Ägypter, oh mein Gott."
Gott:	„Die nerven, die Deutschen. Denen lasse ich Geschwüre auf ihrem Pelz wachsen, bis ihnen Hören und Sehen vergeht."
Berater:	*(Kann gerade noch ein Gähnen unterdrücken)* „Oh Du, der Du bist im Himmel, ohne respektlos sein zu wollen, würde ich empfehlen, mal wieder auf der Erde zu wandeln. Dort würdet Ihr erkennen, dass diese Plage lediglich die Plage der Schönheitschirurgen vergrößern würde. Und dieser Plage unterziehen sich die Menschen freiwillig. Außerdem gab's das schon einmal."
Gott:	„Himmel, Herrgott ... *(von der Katholischen Kirche zensiert)*, Hagel über ihre Häupter!"
Berater:	„Oh Gott, das bringt doch auch nichts. Wer ständig im Fernsehen mit Wiederholungen zugeschüttet wird, der steckt so ein bisschen Hagel locker weg. Übrigens, wenn wir gerade bei Wiederholungen sind ..."
Gott:	„Ich weiß, dass wir das schon mal hatten, ich bin ja nicht senil. Mir fällt nur im Moment nichts Neues ein.

(*Grummelt unverständlich in seinen Bart*) Jetzt hab ich's. Heuschrecken, Schwärme von Heuschrecken sollen Deutschland kahl fressen."

Berater: „Oh, Heiliger Josef, äh ... Gott. Ich sage nur: Pestizide und Umweltverschmutzung. Keine gesunde Heuschrecke lebt in Deutschland länger als eine Minute. In Ägypten, ja, in Ägypten hat diese Plage damals etwas Wirkung gezeigt. Aber im wiedervereinigten Deutschland mit seinen blühenden Landschaften im Osten? Da findet doch keine anständige Heuschrecke was zum Fressen. Also, ich weiß nicht ..."

Gott: „Du musst mir aber auch alles madig machen. Machen wir morgen weiter."

Am nächsten Morgen in aller Herrgottsfrühe:

Gott: „Berater, Berater, ich hab's! Ich schicke ihnen ewige Finsternis."

Berater: „Oh Mann! Damit konntest Du vielleicht abergläubige Ägypter erschrecken, aber nicht das Volk der Dichter und Denker. Ich sage nur: Strom und Neonröhren."

Gott: „Ja sollen die denn gänzlich ungeschoren davon kommen? Mit welcher Plage habe ich denn damals die alten Ägypter in die Knie gezwungen?"

Berater: „Oh Du, Bezwinger der alten Ägypter. Du hast ihre Erstgeborenen abgeschlachtet."

Gott: „Das ist es! Auch wenn diese Plage nicht mehr ganz neu ist, sie wird den Deutschen Mores lehren. Fangen wir sofort an!"

Berater: „Mein Allerheiligster. Ihr vergesst, dass es nicht mehr so ist wie früher, als man genau sagen konnte, wer der Erstgeborene einer Familie ist. Scheidungen, wilde Ehen, Mehrfachehen, Homoehen, und überhaupt keine Ehen lassen es mir unmöglich erscheinen, die Erstgeborenen statistisch zu erfassen und die Liste deinem Todesengel in diesem Jahrhundert noch zukommen zu lassen. Das schafft keine Verwaltung dieser Welt, nicht einmal die deutsche. Dazu müsste man sie grundlegend reformieren."

Gott: „Heureka und Hosianna! Das ist es! Ich plage sie mit einer Verwaltungsreform. Das wirft sie um Jahrhunderte zurück und wird sie Demut lehren."

Berater: „Mein Gott, mir graut vor Dir. Schlage vor, dass wir die schlimmste Plage, die Du je ersonnen hast, dem Teufel in die Schuhe schieben."

Gott: „Einverstanden."

DER KAISER

Er hieß nicht nur Kaiser, er war der Kaiser, der Kaiser der Schlitzohren.

Karl Kaiser hatte sich aus einfachsten Verhältnissen zu einem brillanten Strafverteidiger emporgearbeitet.

Nach der Volksschule machte er eine Maurerlehre, weil der Vater es so wollte. Nach Beendigung dieser Lehre zog er von der ländlichen Idylle, in der er aufgewachsen war, nach Berlin, weil es seine Brieffreundin so wollte. In Berlin machte er sein Abitur und studierte Jura, weil es der Vater seiner Brieffreundin, mit der er mittlerweile verlobt war, so wollte. Er heiratete, weil es die Mutter seiner Verlobten so wollte. Er wurde Vater von zwei Mädchen und einem Jungen, weil das die Gesellschaft so wollte. Er arbeitete wie ein Besessener, um Rechtsgeschichte zu schreiben, weil dies sein Seniorpartner so wollte. Er riskierte einen Seitensprung, weil dies seine Sekretärin so wollte. Seine Frau warf ihn aus dem Haus, weil sie dies nicht wollte. Sein Seniorpartner warf ihn aus der Kanzlei, weil er die Sekretärin wollte. Und so landete Karl Kaiser wieder an dem idyllischen Ort seiner Jugend, versoff das bisschen Vermögen, das man ihm gelassen hatte in idyllischen Gaststätten und wurde zum Trinker.

Als seine finanziellen Mittel aufgebraucht waren, gab er anderen trinkfreudigen Menschen Rechtsberatung in allen Lebensfragen – im Tausch gegen Trinkbares. Doch als er immer öfter die Faust eines enttäuschten Beratenen in der Magengrube spürte, stellte er fest, dass ihm der Beruf des Anwalts noch nie so richtig gelegen hatte, und er begann sich seine flüssigen Brötchen mit Gelegenheitsjobs zu verdienen.

Seinen ersten Job bekam er bei der Metzgerei Sack. Metzger Sack war ein etwas rundlicher Mann, mit etwas rundlichem Gesicht und etwas rundlichen Schweinsäuglein, was ihn sehr sympathisch machte. Man sah sofort, dass der Mann sein Handwerk verstand. Metzger Sack war ein guter Mensch, es war überall bekannt, dass er ein großes Herz hatte und freigiebig warme Mahlzeiten an der Hintertür seiner Metzgerei an Bedürftige verteilte.

Karl, welcher zweifelsohne bedürftig war, war immer der Erste, der sich seine Portion abholte. Da er jedoch der festen Nahrung nicht allzu sehr zugetan war, verkaufte er seine Portion an andere Bedürftige oder tauschte sie gegen flüssige Nahrung, welche ihm mehr zusagte. Sehr schnell erkannte er, dass mit Sacks Großzügigkeit Kapital zu machen war. Als rhetorisch geschulter Spitzenanwalt fiel es ihm sehr leicht, Herrn Sack davon zu überzeugen, dass er die Verteilung der guten Gaben gar vortrefflich organisieren und durchführen könnte. Dass kein lichtscheues Gesindel mehr am Hintereingang der Metzgerei herumlungern und Herrn Sack von seiner Arbeit abhalten würde, war das entscheidende Argument seines Plädoyers, welches Herrn Sack einwilligen ließ, ihm jeden Nachmittag zehn Portionen des Tagesessens zu übergeben.

Sein guter Vorsatz, von den zehn Gerichten acht an seine Kumpels abzugeben und zwei zu verkaufen, um sich sein flüssiges Brot zu finanzieren, hielt nur acht Tage lang. Danach begann sich Herr Sack langsam zu wundern, warum wieder „lichtscheues Gesindel" am Hintereingang herumlungerte und nach Essen fragte. Noch mehr wunderte er sich, als er feststellte, dass im Gegensatz zu früher genau zehn Portionen pro Tag weniger verkauft wurden. Er entschloss sich, der Sache nachzugehen, besser gesagt, er entschloss sich, Karl nachzugehen. Dabei stellte er fest, dass dieser die zehn Portionen Maultaschen mit Kartoffelsalat, welche er kurz zuvor in Empfang genommen hatte, an Bedienstete des städtischen Bauhofes, welche eine Woche zuvor noch zu den treuesten Kunden der Metzgerei Sack gehörten und dann plötzlich aus unerklärlichen Gründen wegblieben, verkaufte. Nach einer kurzen Konversation begab sich Karl in den nächsten Schnapsladen und investierte seinen Gewinn in flüssiges Gold. Herr Sack wollte Rache, steckte sein Metzgerbeil aber nach einem kurzen innerlichen Aufbrausen wieder ein, um einen Plan zu ersinnen, wie er dem Herrn Rechtsanwalt ein seinem Stande angebrachtes Duell liefern könnte.

Am nächsten Tag erschien Karl wie immer um die Mittagszeit, um das zur Abholung bereitstehende Almosen in Empfang zu nehmen. Da es an diesem Tage sommerlich warm war, entschloss sich Karl aufgrund seines trockenen Gaumens, auf den täglichen Small Talk mit seiner Kundschaft zu verzichten und sofort nach dem Abkassieren seine Schritte zum Schnapsladen zu lenken. Für den neutralen Beobachter der Szene, der Karls Gründe nicht kannte, sah das Ganze etwas nach Flucht aus. Für die Bediensteten des städtischen Bauhofes auch, nachdem sie die Deckel der Aluschalen entfernt hatten und außer ein paar Essensresten nichts vorfanden.

Nach dem Abheilen einiger Blessuren, die Karl sich aus unerfindlichen Gründen zugezogen hatte – man munkelte er sei gegen eine Arbeitsmaschine des städtischen Bauhofes und gegen das Fahrrad eines

Obdachlosen gelaufen – stand für ihn fest, dass er sich nach einer anderen Erwerbsquelle umschauen musste.

Noch zu erwähnen wäre, dass Herr Sack, von Karl inspiriert, einen Lieferservice einrichtete und bald weit über die Grenzen der Stadt Sacks feines Mittagessen auslieferte. Dies war der Grundstein für Sacks weltweiten Partyservice, Sacks weltweiten Tiefkühlheimservice und Sacks weltweite Gourmettempel.

Kurzum, Karl legte den Grundstein für das mittlerweile weltbekannte und börsennotierte Sack'sche Imperium.

Ihm selber blieb allerdings nichts, außer der Erkenntnis, dass die Welt ungerecht ist, die Arbeitsmaschinen des städtischen Bauhofes hart sind und man seine Kumpels nicht hereinlegen sollte – zumindest dann nicht, wenn sie ein Fahrrad haben.

In dieser Phase der Niedergeschlagenheit traf Karl ein weiterer Schicksalsschlag in Form eines Haftbefehls, welchen ich ihm unterbreitete. Auf dem roten Zettel war niedergeschrieben, dass Karl dreißig Tage in einer Vollzugsanstalt abzusitzen hatte. Hocherfreut über diesen Umstand nahm Karl im Streifenwagen Platz und erklärte mir, dass ich ihm einen riesigen Gefallen tun würde. Im Knast sei er ein stets willkommener Gast, da er es hervorragend verstand, aus Obst eine alkoholische Brühe zuzubereiten. Diese Kunst brächte ihm stets die Sympathie der Mitgefangenen ein. Außerdem habe sich die Entrüstung gegen ihn nach dreißig Tagen mit Sicherheit gelegt und er könne sich wieder im Städtle zeigen. Selbstverständlich würde er mir, wie unter Akademikern üblich, die Gefälligkeit, die ich ihm erwies, tausendmal entgelten. Wie er sich das mit dem Entgelten so vorstellte, sollte ich ungefähr fünf Wochen später erfahren. Denn noch am Tag seiner Entlassung machte sich Karl auf, um den Leiter meines Polizeireviers zu sprechen. Er unterbreitete ihm, dass ich, der zu dieser Zeit im Urlaub weilte, mit ihm eine Vereinbarung geschlossen habe, wonach er den Garten des Reviers unentgeltlich (ein minimales Taschengeld für eine Vesper und Bier sollte aber schon drin sein) auf Vordermann bringen würde. Mit zehn Mark aus der Kasse für repräsentative Aufgaben in der Tasche machte sich Karl auf, dringend notwendige Logistik zu besorgen. Die fünf Flaschen Rotwein verleibte er sich noch direkt vor dem Supermarkt ein. Dies hatte zur Folge, dass er erst am nächsten Tag zu Werke ging. Man sah ihn den Rasen mit dem reviereigenen Handrasenmäher bearbeiten, Bäume mit der reviereigenen Handbaumsäge stutzen und Hecken mit der Handrosenschere eines Kollegen schneiden. Da das Ganze sehr mühsam war, trat bei Karl regelmäßig ein Erschöpfungszustand ein, welcher ihn daran hinderte, mehr als sechzig Minuten pro Tag zu arbeiten. Nach einer Woche sah der einstmals leicht verwilderte, aber doch ansehnliche Garten aus wie ein gerupftes Huhn. Vom Revierleiter zur Rede gestellt, machte Karl diesem klar, dass ein effektives Arbeiten mit den ihm zur Verfügung stehenden Gerätschaften nicht möglich sei. Er schilderte so überzeugend die Vorteile von Gartengeräten neuester Bauart, dass ihm die Genehmigung erteilt wurde, beim örtlichen Baumarkt eine Astschere, einen Gartenrechen, eine Schubkarre, eine Schaufel und eine Harke gegen Rechnung käuflich zu erwerben sowie einen benzinbetriebenen Rasenmäher zu leihen.

Mit professionellem Blick erkannte Karl bei seiner Shoppingtour, dass man für professionelle Arbeit weit mehr professionelles Werkzeug benötigen würde als geplant. So orderte er eine Motorhacke, einen Vertikutierer, einen Rasentraktor mit Anhänger, eine Benzinheckenschere, eine Motorsäge, einen Dampfreiniger, einen Häcksler, einen Laubsauger, ein Gerätehaus aus feuerverzinktem Stahlblech sowie diverse Kleinteile. Hocherfreut über das gute Geschäft half der Marktleiter höchstpersönlich beim Verladen des Einkaufes auf den Anhänger, bevor er die Rechnung für das Polizeirevier ausfertigte. Er sollte später zu Protokoll geben, dass er keinerlei Zweifel an Karls Berechtigung, die Gegenstände im Namen der Polizei zu erwerben, hatte, da Karl schließlich einen Polizeianorak, eine Polizeimütze und eine grüne Gärtnerhose trug. Der Kollege, welchem aus unerklärlichen Gründen ein Polizeianorak und eine Mütze abhanden gekommen waren, konnte seine bereits zehnstündige Suche erschöpft, aber glücklich abbrechen.

Karl wurde noch von mehreren Personen gesehen, als er mit seinem Gefährt die Stadt in Richtung Süden verließ. Es sollte elf Monate dauern – unser Revierführer hatte gerade die letzte Rate für Karls Einkäufe überwiesen – bis ein Lebenszeichen von Karl auftauchte. Zwanzig Tage vor Ablauf der Garantie erschien ein Italiener aus der Gegend um Mailand beim Leiter des Baumarktes, um den defekten Rasentraktor umzutauschen. Nach eigenem Bekunden hatte er ihn von einem Deutschen, welcher sich Carlo nannte, käuflich erworben.

Es sollte weitere zwei Monate dauern, bis Karl wieder auftauchte.

In Italien zur unerwünschten Person erklärt, wurde er nach Deutschland abgeschoben.

Dass er bekleidet mit seiner zwischenzeitlich arg mitgenommenen, aber immer noch Respekt einflößenden Polizeimütze und dem Anorak Bußgelder von deutschen Touristen in Caorle kassierte, verzieh ihm die italienische Polizei. Dass er aber den parkähnlichen Garten des Polizeichefs in ein Trümmerfeld verwandelt hatte, anstatt ihn wie versprochen zu hegen und zu pflegen, machte ihn in Italien zur *Persona non grata*.

Ich hatte das Vergnügen, Karl an der österreichischen Grenze an einem heißen Sommertag abzuholen. Es blieb mir nur kurz Zeit, mich über die vornehme Blässe der österreichischen Beamten, welche Karl an der Grenze zu Italien übernommen hatten, zu wundern. Mit einem freundlichen „Schleichts euch!" drehten sie sich auf dem Absatz um und waren nicht mehr gesehen.

Als Karl auf dem Rücksitz meines Streifenwagens Platz nahm, wich mit einem Schlag meine sommerliche Bräune und die vornehme Blässe der österreichischen Kollegen legte sich auf mein Gesicht. Karl hatte, wie er mir erzählte, seit seiner Abreise mit dem Rasentraktor weder Geld noch Zeit gehabt seine Kleider oder sich selbst zu waschen. Bei der ersten Gelegenheit kaufte ich ihm Unterwäsche, ein T-Shirt und Shorts sowie zehn Liter Duschgel und suchte mit ihm einen Badesee auf. In einem Biergarten bei einem zünftigen Vesper und einer Maß Bier versprach Karl hoch und heilig, dass er sein Leben nun radikal ändern würde und dass er mir ewig dankbar sei und sich bei mir revanchieren würde.

Die Heimfahrt verlief ohne große Zwischenfälle, einzig unterbrochen durch gelegentliche Staus und sehr nervige Sondermeldungen aus dem Radio über ein Fischsterben größeren Ausmaßes in einem Badesee des Freistaates Bayern.

Karl schien Wort zu halten. Am Tag nach seiner Rückkehr erhielt ich einen Anruf vom Personalchef des Sack'schen Imperiums, Niederlassung Musterländle. Er teilte mir mit, dass er meiner Bitte entsprochen und Karl eingestellt habe. Er würde – soweit er es beurteilen könne – recht fleißig an der Wurstdosenabfüllanlage arbeiten. Meinen Einwand, dass ich gar keine Bitte ausgesprochen hätte, hörte der viel beschäftigte Personalchef nicht mehr, er hatte bereits aufgelegt.

Ungefähr vier Wochen später kam es zu einem Skandal, welcher die Weltwirtschaft nachhaltig beeinflussen sollte. Wie ein Lauffeuer verbreitete sich die Nachricht, dass Sack in finanziellen Schwierigkeiten stecken würde, da weltweit Wurstdosen auftauchten, welche nur zu einem Drittel befüllt waren, woraufhin die Banken ihre Kredite zurückzogen, Anleger ihre Sack-Aktien verschleuderten, kurzum, die Börse crashte.

Nachdem eine unabhängige Untersuchungskommission, bestehend aus einhundertzwanzig Wirtschaftsweisen der führenden Industrienationen, in ihrem zwanzigtausendseitigen Bericht drei Jahre später zu dem Schluss gekommen war, dass sich das Sack'sche Imperium keinesfalls in wirtschaftlichen Schwierigkeiten befand, sondern der Wurstschwund in den Dosen auf einen Fehler in der Abfüllanlage zurückzuführen sei, erholte sich die Weltwirtschaft und Sack-Aktien waren wieder der große Renner.

Was aber war wirklich passiert?

Karl hatte die Chance seines Lebens erkannt und jeden Tag immer ein bisschen mehr Wurst abgezwackt. Zum Gewichtsausgleich hatte er Steinchen in die Wurstdosen gegeben, die ergaunerte Wurst verkaufte er günstig an eine italienische Wurstfabrik. Den Erlös legte er in Alkohol, aber auch in Sack-Aktien an, als diese im Keller waren. Sein geschätztes Vermögen beläuft sich mittlerweile auf rund drei Milliarden Dollar, jedes Jahr erreichen mich Neujahrsgrüße von ihm von den schönsten Flecken dieser Erde.

Und ich, ich bin noch immer bei der Polizei, bekomme jedes Weihnachten ein Präsent der Metzgerei Sack in Form einer Wurstdose und verschlucke mich grundsätzlich jedes Mal an dem Stein, welcher sich aus unerklärlichen Gründen immer genau in meine Dose verirrt hat.

DIE BADETUCHMAFIA

Es begab sich aber zu der Zeit, dass ich einen vierwöchigen Aufenthalt im gelobten Land, welches Israel heißt, antrat, um Kraft und Erholung für Körper und Geist zu erlangen. Erholung und das Tanken von Kraft für meinen weiteren Lebensweg und zur Bekämpfung einer Hautkrankheit, waren mir allerdings nur drei Tage beschieden. Danach versetzte ich mich in den Dienst, um die gefährlichste und gerissenste mafia-ähnliche Organisation der Welt zu bekämpfen.

Durch eine hoteleigene Regelung, das Ausleihen von Badetüchern betreffend, auf das Äußerste sensibilisiert, passte ich auf die meinigen auf wie ein Schießhund. Die hoteleigene Regelung besagte zwar, dass jeder Gast, wie in dem Hochglanzprospekt versprochen, ein Badetuch für den Gebrauch im Spa und eines für den Gebrauch am Strand erhält, er jedoch bei Verlust der Tücher persönlich mit seinem gesamten Vermögen dafür haftet. Um den Gästen diese Regelung zu demonstrieren, übergab der Hotelmanager jedem Gast persönlich eine gelbe und eine weiße Karte, welche man bei Bedarf gegen Badetücher tauschen konnte. Für die Karten wurde vom Manager, welcher von vier grimmig schauenden Bodyguards begleitet wurde, eine Kaution in Form von Bargeld, Schmuck, hochwertigen Fahrzeugen, Yachten oder Inhaberschuldverschreibungen eingehoben. Zusätzlich war es notwendig, dass sich ein honoriger Bürger des Staates Israel als Bürge zur Verfügung stellte.

Nachdem ein Kollege der Polizei von Tel Aviv für mich bürgte und ich eine notariell beglaubigte Erklärung abgab, wonach meine Nachkommen bis ins dritte und vierte Glied für einen eventuellen Verlust aufkommen würden, erhielt ich die heiß begehrten Karten von einem, trotz der erlangten Sicherheiten äußerst skeptisch dreinschauenden Managers. Die Ermahnung meines Kollegen im Ohr, dass sowohl er und seine Familie als auch die gesamte Polizei von Tel Aviv für einen etwaigen Verlust der Handtücher nicht nur mit ihrer Ehre, sondern auch mit ihrem Vermögen haften müssten, falls zum Beispiel das dritte Glied meiner Nachkommen seiner Verpflichtung nicht nachkommen würde, tauschte ich die Karten gegen Badetücher der Kategorie billig, kratzig, uralt.

Von dem Mann an der Badetuchausgabe, welcher links und rechts von je einem Panzer flankiert wurde, erhielt ich auf meine Frage, was diesen hohen Wert der Tücher ausmache, die Antwort, dass die Badetücher im Heiligen Land aus Wolle von heiligen Schafen in mühsamer Handarbeit hergestellt worden seien und – was noch erschwerend hinzukomme – man momentan einen Engpass habe, da der Import aus China (aus ihm unbekannten Gründen) stocken würde.

Die mahnenden Worte meines Kollegen im Ohr, dass der Mossad der beste Geheimdienst auf der Welt sei und alles und jeden finden würde, machte ich mich mit einem Badetuch auf, um die Wirkung des Toten Meeres auf Körper und Geist zu genießen. Da ich allgemein ein genügsamer Mensch bin, nahm ich nur eines der wertvollen Stücke mit, während ich das andere im Zimmersafe platzierte.

Die Besucher des Toten Meeres konnten in drei Gruppen aufgeteilt werden: die Angsthasen, die Vorsichtigen und die Mutigen.

Die Erstgenannten saßen die ganze Zeit auf ihrem Handtuch und streckten lediglich die Füße in das Wasser. Die Zweitgenannten, meist durch eine Hautkrankheit dazu verdammt, ins salzige Wasser zu gehen, nahmen ihr Badetuch mit ins Wasser. Die Letztgenannten, meist durch eine Hautkrankheit dazu verdammt, ins salzige Wasser zu gehen, gegenüber den Zweitgenannten aber jung, dynamisch und sportlich, konnten sich entweder Wachpersonal für das Badetuch leisten oder waren einfach blutige Neuankömmlinge, die ihr Tuch am Strand ablegten, ohne es natürlich aus den Augen zu lassen. Lediglich die Badenden mit Wachpersonal wagten es, sich weiter als zehn Meter vom Ufer zu entfernen, was ein ziemliches Gedränge in Ufernähe zur Folge hatte.

Ich zählte mich zu den Letztgenannten, schließlich war ich ja erst angekommen.

Bevor ich mich jedoch ins salzige Nass stürzen konnte, klingelte mein Handy. Eine panisch klingende Stimme fragte, ob ich mein Badetuch noch hätte. Es war mein Bürge, welcher mich aufforderte, nicht ins Wasser zu gehen.

Nach einer längeren Erklärung über den Nutzen eines Bades im Toten Meer für meine Haut, genehmigte er mir, mit Badetuch ins Wasser zu gehen, wenn ich bereit wäre, es mit einer Panzerkette um meinen Bauch zu binden. Es waren nicht gerade die freundlichsten Worte, die aus meinem Handy drangen, als ich meinem Kollegen und Bürgen erklärte, dass ich keine Lust hätte, mich nach meinem Bad mit einem nassen und salzigen Badetuch abzutrocknen. Außerdem würde das Wasser die Fasern über Gebühr strapazieren, was eventuell dazu führen könnte, dass man es nicht mehr zurücknimmt. Dieses Argument schien Gewicht zu haben. In barschem Ton wurde mir befohlen, mich auf mein Tuch zu setzen und nichts zu unternehmen, bis man mich erneut kontaktierte. Nach etwa dreißig Minuten näherte sich mir ein Beduine mit einer Maschinenpistole der Marke UZZI. Er drückte sie mir in die Hand und forderte mich auf, jeden zu erschießen, der meinem Badetuch näher als einen Meter kommen sollte.

Erst jetzt bemerkte ich, dass all jene Israelis im Wasser, die mit Pistolen, Maschinenpistolen und Raketenwerfern bewaffnet waren, ihre Badetücher nicht aus den Augen ließen. Nicht etwaige Terroristen waren der Grund für ihr offenes Waffentragen, sondern die Badetuchmafia.

Nach kurzer Zeit gewöhnte ich mich daran, mit einer Maschinenpistole auf dem Bauch in einem Meer zu baden, in dem man nicht untergehen kann, und genoss die heilende Wirkung des Wassers in vollen Zügen. Lästig war lediglich das Brummen des Aufklärungsflugzeuges, welches immer genau dann über mich hinweg flog, wenn ich für eine Sekunde die Augen schloss.

Ich bewunderte die Kontakte meines Bürgen, die bis in die höchsten Militärkreise zu reichen schienen und die Weitsicht des lieben Gottes, welcher ein Meer erschuf, in dem man auf dem Rücken liegend eine UZZI auf dem Bauch halten und sein Badetuch beobachten konnte. Und das alles, ohne unterzugehen.

Ohne größere Zwischenfälle verstrichen die ersten drei Tage im gleichen Rhythmus: Schlafen, Essen, Sonnen, Baden und Verteidigen der Badetücher.

Einen unerwarteten U-Boot-Angriff schlug ich tapfer mit Gewehrsalven und mit Hilfe eines plötzlich auftauchenden Düsenjägers, welcher drei Wasserbomben auf das Boot abwarf, zurück. Ich bewunderte die Kontakte meines Bürgen aufs Höchste.

(Wie ich später erfuhr, liefert Deutschland offiziell U-Boote an die israelische Marine, inoffiziell sind sie jedoch für deutsche Touristen bestimmt, welche von Jordanien aus auf Kaperfahrt gehen, um ihr geplündertes Handtuchkonto wieder auf den Status quo zu bringen.)

Am Morgen des vierten Tages sollte mir ein entscheidender und für einen Kriminalisten unverzeihlicher Fehler unterlaufen. Ich entschloss mich, das zwischenzeitlich nicht mehr aprilfrische Badetuch zu tauschen. Der Mann an der Badetuchausgabe, welcher links und rechts von einem Panzer flankiert wurde und über dem neuerdings ein Hubschrauber kreiste, weigerte sich jedoch vehement, ein nasses und ungewaschenes Handtuch anzunehmen. So wusch ich das Tuch in der Badewanne und hängte es auf den Balkon, um es nach dem Trocknungsprozess gegen ein gewaschenes und trockenes einzutauschen.

Mit Hilfe einer Schnur, welche am Badetuch und am Abzug meiner Maschinenpistole äußerst klug von mir befestigt wurde, sicherte ich mir einen Toilettenaufenthalt von zehn Sekunden. Sollte es ein Missetäter wagen, mein Badetuch auch nur zu berühren, würde ihm dies schlecht bekommen.

Dank meiner genialen Idee fühlte ich mich so sicher, dass ich beschloss, den Toilettenaufenthalt um zwei Sekunden zu verlängern. Dies sollte sich als der fataleste Fehler meines Lebens herausstellen.

An der Rezeption des Hotels wurde ich darüber aufgeklärt, dass es ein beliebter Trick der Badetuchmafia wäre, Balkonattrappen am Hotel anzubringen, welche in genau elf Sekunden abgebaut werden konnten, um dort zum Trocknen aufgehängte Badetücher zu entwenden. Vor einer Ohnmacht rettete mich das Läuten meines Handys. Mein Bürge sagte sich zum Handtuchappell an. Es gelang mir, ihn davon zu überzeugen, dass meine Tücher vollzählig vorhanden waren und es nicht notwendig wäre, dass er nur um zwei Badetücher zu zählen mit dem Hubschrauber einflog.

Durch diese Überzeugungsarbeit – in meinem früheren Leben war ich mit Sicherheit Staubsaugervertreter – hatte ich
    a. Zeit gewonnen,
    b. mein Leben gerettet,
    c. meine Nachkommen bis ins dritte und vierte Glied vorläufig vor dem finanziellen Ruin gerettet.

Dadurch konnte ich
    d. versuchen, der Badetuchmafia das Handwerk zu legen,
    e. versuchen, an das Tuch eines anderen Gastes zu kommen,
    f. eine Fälschung herstellen,
    g. mir einen Strick aus Kamelhaar kaufen.

Natürlich entschloss ich mich für „d", da mir für alle anderen Varianten die Erfahrung zur Durchführung gänzlich fehlte.

Ich arbeitete einen einerseits hoch genialen Plan aus, der aber andererseits – wie hoch geniale Pläne nun mal sind – ein äußerst großes Risiko in sich barg. Beim Scheitern des hoch genialen Planes drohte mir der Verlust des zweiten Badetuches und damit ewige Verdammnis. Mir blieb jedoch keine andere Wahl, da ich mir ja bereits nach Verlust eines Tuches die halbe ewige Verdammnis eingehandelt hatte. So verband ich mein mir noch verbliebenes Badetuch mittels einer fast unsichtbaren Schnur mit meiner linken Hand, nahm meine UZZI in die rechte und begab mich auf die Toilette.

Nach vier Tagen Toilettenaufenthalt erklärte ich meinen Plan als gescheitert, da
    f. mich Hunger plagte,
    g. meine Beine vom Sitzen auf der Schüssel abgestorben waren,
    h. das Klopapier alle war und
    i. niemand mein Handtuch angerührt hatte.

Völlig übermüdet und am Ende meiner Kräfte fiel ich in einen ohnmachtähnlichen Schlaf, welcher genau einen Tag, 23 Stunden, 17 Minuten und drei Sekunden dauern sollte. Ein Zupfen an meiner linken Hand weckte mich aus der Ohnmacht und ich stürzte aus meiner selbst gewählten Einsamkeit auf dem stillen Örtchen in mein Zimmer. Durch die mir angeborene und im Laufe meines Berufslebens ständig geschärfte Auffassungsgabe hatte ich sofort registriert, dass das Zupfen an meiner Hand nur eines bedeuten konnte: Die Badetuchmafia war am Werk.

Behände wie ein Panther stürzte ich mich auf die Gestalt, welche sich an meinem Handtuch zu schaffen machte. Mit einem dreifachen „Jokohashi" warf ich sie auf den Boden und fixierte sie mit einem fünffachen Fesselgriff. Auch die größte Gegenwehr half dem Mafiosi, welcher mir ins Netz gegangen war, nichts. Bei näherer Betrachtung stellte ich fest, dass er sich als circa 60- jährige Zimmerreinigungsfachkraft verkleidet hatte. Nach genauer Prüfung stellte ich fest, dass mein Fang aus der circa 60- jährigen Zimmerreinigungsfachkraft, welche sich für mein Zimmer zuständig zeigte, bestand.

Sie musste das willige Werkzeug, der verlängerte Arm, der gedungene Badetuchstehler der Mafia sein.

Mit unverhohlenem Triumph führte ich die aus der ehemaligen Sowjetunion neu eingewanderte mafia-ähnliche Putzfrau vor mir her durch die Lobby des Hotels, durch den Speisesaal, am Swimmingpool vorbei, zurück zur Lobby, in das Zimmer des Hotelmanagers, wohlweislich die bewundernden Blicke spürend, welche mir hinterhergeschickt wurden. Nach fünf Minuten härtestem Verhör durch die besten Verhörspezialisten Israels war der Sachverhalt klar. Sämtliche im Hotel beschäftigten Zimmerreinigungsfachkräfte, welche neu, in der Regel aus der ehemaligen Sowjetunion, eingewandert waren, stellten sich als Badetuchdiebe heraus. Sie wurden eingestellt, da sie zum einen beschäftigt werden mussten und zum anderen keine hohen Lohnforderungen stellten. Sie verstanden zwar weder die Sprache ihrer Chefs noch die der Gäste, aber wie gesagt, man musste sie beschäftigen und sie waren billige Arbeitskräfte. Man hatte sie in vierzehntägigen Seminaren, welche im Hilton New York, USA, abgehalten wurden, anschaulich auf ihre künftige Tätigkeit vorbereitet. Einzig der Umgang mit den Badetüchern wurde dort nicht gelehrt, was die gewissenhaften Neueinwanderer vor erhebliche Probleme stellte. Der Umgang mit den Handtüchern war klar geregelt. Legte der Gast eines auf den Boden, bedeutete dies Aufhängen eines frischen und Abgabe des benützten in der Wäscherei. Das Gleiche mit Badetüchern durchexerziert scheiterte daran, dass die Wäschereien diese Tücher mangels Zuständigkeit nicht annahmen. Schließlich hatte sie der Gast persönlich an der Badetuchausgabe zu tauschen. Da standen sie nun, die fleißigen Neueinwanderer, und wussten nicht wohin mit den Badetüchern. Also nahm man sie mit nach Hause und verschickte sie als Souvenir aus Israel an die Verwandten und Freunde in der alten Heimat.

So kam es, dass in manchen Regionen Russlands eine regelrechte Badetuchschwemme herrschte, was eine gigantische Krise in der Badetuchindustrie auslöste, während in Israel Chaos und Anarchie wegen der fehlenden Tücher Einzug hielten.

Es war ein Segen für den Staat Israel und unzählige Länder, aus denen die Neueinwanderer stammten, dass es sich just zu der Zeit begab, dass ich mich in Israel aufhielt.

Ich hatte unzählige ehemalige Touristen und ihre Nachkommen vom Joch der Sklaverei befreit und verhindert, dass unzählige zukünftige Touristen und ihre Nachkommen in das Joch der Sklaverei fallen werden.

Was ich nicht bedacht hatte, war, dass durch meinen heroischen Erfolg die chinesische Handtuchfabrikation einen gigantischen Auftragsrückgang zu verzeichnen hatte, unzählige Waffen produzierende Firmen in Israel schließen mussten und dringend notwendige Devisen von Handtuchverlierern und ihren Nachkommen ausblieben.

Kurzum, ich hatte den wichtigsten Zweig der israelischen Wirtschaft zerstört, die Badetuchmafia.

Sollten Sie mal ans Tote Meer reisen und für das Ausleihen eines Sonnenschirmes eine Kaution in Form von Bargeld, Schmuck, hochwertigen Fahrzeugen, Yachten oder Inhaberschuldverschreibungen hinterlegen müssen sowie einen israelischen Staatsbürger als Bürgen benötigen, wissen Sie, dass der Staat Israel seine schlimmste Wirtschaftskrise seit seiner Gründung überwunden hat. – Der Sonnenschirmmafia sei Dank.

KÖPENICK

Als Mehmet aufwachte und in die heiße Sonne Anatoliens blinzelte, beschloss er, sein Leben grundlegend zu ändern. Er schnürte sein Bündel und wanderte und wanderte und wanderte, bis er in Deutschland ankam. Als Mehmet aufwachte und in die blasse Sonne Deutschlands blinzelte, beschloss er, sein Leben grundlegend zu ändern. Er schnürte sein Bündel und fuhr zum nahe gelegenen Fußballstadion. Der Vereinsführung legte er Kopien von Artikeln türkischer Zeitungen vor, die von einem Nachwuchsstar des türkischen Fußballs namens Mehmet berichteten.

Diese Kopien, die niemand von der Vereinsführung lesen konnte, sowie der nagelneue Markentrainingsanzug, den Mehmet trug, überzeugten. Man ließ ihn wissen, dass er demnächst eine schriftliche Einladung zu einem Probetraining erhalten würde.

Der geneigte Türkeikenner hätte mit einem flüchtigen Blick erkannt, dass sowohl die Kopien als auch der Trainingsanzug gefälscht waren.

Zehn Tage später erhielt Mehmet ein Schreiben unseres gerade abgestiegenen Traditionsvereins, welches ihn zum Probetraining rief. Das Schreiben, mit Kopf und Siegel, hatte den gleichen Ehrfurcht einflößenden Charakter wie eine Vorladung der Jugendbehörde zum Vaterschaftstest. Mit diesem Dokument zog Mehmet frohgemut aus, sein Glück zu machen.

Und wie er so durch unsere schöne Stadt wanderte, in seinem nagelneuen Markentrainingsanzug das Glück suchend, begab es sich, dass ihn der Chefverkäufer eines großen Autohauses für Nobelkarossen in sein nobles Büro bat.

Geblendet von dem nagelneuen Markentrainingsanzug, dem halbamtlichen Schreiben unseres geliebten, aber leider gerade abgestiegenen Fußballvereins und der Zusage Mehmets, fünf Edelkarossen im Gesamtwert von einer Million Euro zu kaufen, bewegte den Herrn Chefverkäufer dazu, Mehmet bei der Suche nach dem Glück behilflich zu sein.

Ein Vertrag wurde aufgesetzt – Mehmet bewies ungeheuren Geschmack, was Ausstattung und Farbe der Luxuskarossen anbelangte. Der Herr Chefverkäufer bewies ungeheure Weitsicht, was den zukünftigen Marktwert von Mehmet anbelangte, und ließ sich ein Autogramm auf ein Hochglanzprospekt geben.

Die klitzekleine Bitte von Mehmet, ihm eine Bestätigung zu geben, woraus hervorgeht, dass er bereits zweihundertfünfzigtausend Euro anbezahlt hätte, wurde ihm gewährt, nachdem dieser einen Vertrag unterschrieben hatte, wonach er kostenlos für eine Werbeanzeige zur Verfügung stehen würde, sobald sein Bekanntheitsgrad ein kleines bisschen höher geworden war.

Mit sportlichem Gruß verabschiedete sich Mehmet, um weitere Investitionen zu tätigen.

Zunächst kaufte er sich im Fanshop unseres bald wieder aufsteigenden Fußballclubs ein Trikothemd, alsdann auf dem Bahnhof eine Fahrkarte in Richtung Landeshauptstadt. Dort traf er mit dem Chefverkäufer eines Autohauses zusammen, welches noch noblere Nobelkarossen feilbot. In dem noch nobleren Büro legte er dem Chefverkäufer den Kaufvertrag, den Werbevertrag sowie die Bestätigung der anbezahlten Summe vor.

Dies, Mehmets nagelneuer Markentrainingsanzug, sein nagelneues Trikothemd sowie ein Autogramm für den Sohn des Chefverkäufers, brachten diesen dazu, eine Bestellung über noch luxuriösere Luxuskarossen im Wert von zwei Millionen Euro entgegenzunehmen. Eines der Gefährte, welches gerade zufällig auf dem Hof stand und nur einen Wert von circa zweihundertfünfzigtausend Euro hatte, überließ er großzügig Mehmet zu einer ausgiebigen Probefahrt.

Mit dem Chefverkäufer eines Autohauses, welcher die nobelsten der noblen Nobelkarossen überhaupt im Schaufenster stehen hatte, schloss Mehmet einen Kaufvertrag über fünf Fahrzeuge im Gesamtwert von fünf Millionen Euro ab.

Als Sicherheit hinterließ er Kopien der Kaufverträge über Edelkarossen und noch edlere Edelkarossen im Gesamtwert von drei Millionen Euro. Den Rest bezahlte er mit seinem guten Namen und einem Autogramm auf seinem Trikothemd. Mit dem Zweihundertfünfzigtausend-Euro-Boliden fuhr er wieder zum Ausgangspunkt seiner Reise zurück.

Von unserem Chefverkäufer erhielt er einen Scheck über die bereits (zumindest auf dem Papier) anbezahlten zweihundertfünfzigtausend Euro, welchen er angeblich nur zur Vorlage bei der türkischen Botschaft benötigte, um den Millionendeal mit den Edelkarossen durchführen zu können. Das Angebot Mehmets, sein Auto samt Schlüssel und ohne Fahrzeugbrief zu hinterlassen, wurde abgelehnt. Wer wollte schon einen Großkunden vergraulen, dessen Bonität durch einen Markentrainingsanzug unterstrichen wurde und der bald Millionen als Fußballprofi verdienen würde?

Mehmet im Glück begegnete auf seinem Wege einem weiteren Autoverkäufer, bei welchem er bereits Ware im Wert von zwei Millionen Euro geordert, und der ihm daraufhin großzügig einen Wagen zur Verfügung gestellt hatte. Mehmet zeigte sich nach seiner Probefahrt so begeistert, dass er gleich noch Kaufverträge für zwei weitere Wagen unterschrieb. Im Gegenzug erhielt er fünfhunderttausend Euro in bar, welche er zum Kauf eines Autotransporters benötigte.

Man hätte ihm gerne mehr gegeben, aber im Moment war leider nicht mehr im Tresor, was dem Verkäufer äußerst peinlich war. Schließlich hat ein Mann mit einem Scheck im Wert von zweihundertfünfzigtausend Euro und einem nagelneuen Markentrainingsanzug unbegrenzt Kredit.

Zwei Tage später belud unser Chefverkäufer höchstpersönlich einen Autotransporter, den Mehmet im Tausch gegen seinen Vorführwagen erhalten hatte, mit den bestellten Nobelkarossen. Nachdem er zweihundertfünfzigtausend Euro in bar plus dreißig Autogrammkarten seinem lieben Freund, dem Herrn Chefverkäufer in die Hand gedrückt hatte, kannte dessen Vertrauen keine Grenzen mehr. Im Autohaus mit den noch nobleren Nobelkarossen ließ er drei der weniger noblen zurück, um dafür die bestellten etwas teureren Fahrzeuge aufzuladen. Wer drei Fahrzeuge – auch wenn sie weniger nobel sind als die eigenen – als Pfand hinterlässt, genießt das uneingeschränkte Vertrauen der deutschen Wirtschaft.

Beim Topverkäufer der Topfahrzeuge hinterließ er zwei Nobelkarossen und zwei etwas noblere Karossen, um im Gegenzug die Ware zu erhalten, die eines Fußballstars würdig ist.

Frohen Mutes kehrte Mehmet in sein Heimatland zurück, wo er schnell Käufer für seine Mitbringsel fand. Von seinem Gewinn leistete er sich neben einer Luxusvilla, einem Autohaus und einem Hotel in Antalya einen Satz original nagelneuer Markentrainingsanzüge, mit denen er als Sponsor die türkische Nationalmannschaft ausstattete.

Und nur wer ganz genau hinschaute, konnte feststellen, dass die originalen Anzüge nicht ganz dem Original entsprachen.

Vierzehn Tage nach Mehmets glorreichem Auszug aus Deutschland saßen drei Chefverkäufer in meinem Büro. Sie erklärten mir, dass es nicht ungewöhnlich sei, einem so guten Geschäftspartner wie Mehmet nach eingehender Überprüfung der Bonität großzügig zu begegnen. Wenn man jemandem Schuld zuweisen könne, dann unserem Traditionsverein, der logischerweise absteigen musste, wenn man jeden dahergelaufenen Betrüger als Spieler verpflichtet.

Ungefähr ein Jahr später sollte auch ich in den Genuss der Großzügigkeit unserer Autohäuser kommen. Finanziell etwas schwach auf den Beinen versuchte ich, ein Finanzierungsangebot in Anspruch zu nehmen. Nach Nachweis meines Verdienstes der letzten zehn Jahre, der Präsentation eines Leumundes, einer Bürgschaft durch meinen Erbonkel sowie dem Einverständnis meiner Versklavung für den Fall der Fälle, konnte ich den Schlüssel für einen Kleinwagen in Empfang nehmen.

Den Wagen bekomme ich nach Abzahlung des Kredits – in fünf Jahren.

DER JUBELPOLIZIST

Wieder einmal war es so weit. Der Herr Bundesaußenminister hatte mitteilen lassen, dass er wie jedes Jahr seine Aufwartung machen würde.

Unsere schöne Stadt war der Wahlkreis des Bundesaußenministers, das heißt, die Bürger der Stadt, in der ich Dienst verrichten durfte, hatten den Herrn Außenminister zum Herrn Außenminister gemacht.

Aus tiefster Dankbarkeit besuchte Herr Außenminister, seit seiner Amtseinführung, die Stadt, um vom Balkon des Rathauses seinen Arbeitgebern zu huldigen.

Die Hetzpresse der Opposition behauptete jedes Jahr, der Außenminister ließe sich gleich einem König feiern, was aber billige Wahlpropaganda war.

Nun kam es im letzten Jahr zu einem – insbesondere für die Polizei – peinlichen Zwischenfall. Sie, welche sich für den reibungslosen Ablauf der Huldigung verantwortlich zeigte, hatte übersehen, dass unsere Stadt eine Hochburg linksradikaler Elemente war.

So kam es, dass sich fünf Punker unter die Menschenmenge mischten, welche gespannt auf ihre Huldigung durch den Herrn Außenminister wartete. Just beim dritten Hochruf der Arbeitgebermasse (das Protokoll sah es vor, dass die Menge „Hoch" rief, da den Herrn Außenminister als einsamen Rufer niemand gehört hätte) führten die subversiven Elemente ihren feigen Anschlag auf die Redefreiheit unseres geliebten Ministers durch. Ein ohrenbetäubendes Rülpsen verhinderte, dass vom Balkon die alljährlichen Lobeshymnen auf das unter dem Balkon stehende Volk erschallen konnten. Zwar stürzten sich sofort einhundert Mann eines Spezialeinsatzkommandos auf die Attentäter und entfernten sie aus dem Blickfeld des allseits beliebten Politikers, aber es war zu spät. Der Herr auf dem Balkon hatte gehört, gesehen und gerochen.

Entsprechend groß war natürlich beim diesjährigen Besuch die Nervosität der neuen Polizeiführung ob des unverzeihlichen Fehlers ihrer Vorgänger. Die im letzten Jahr ausgearbeiteten Einsatzpläne für den Tag X wurden noch einmal überarbeitet und der Ernstfall wurde in unzähligen Übungen geprobt. Bei einer dieser Übungen entfleuchte mir bei der Lagebesprechung folgende unüberlegte Äußerung: „Da stehen ja mehr Polizisten als Jubler auf dem Rathausplatz. Da können wir ja gleich die Polizei jubeln lassen."

Zunächst dachte ich, der Polizeiführer wolle mich erwürgen, als er mit hochrotem Kopf auf mich zustürmte. Aber er, dem ich mit meiner unbedachten Äußerung die Verbannung nach Sibirien ersparte, drückte und herzte mich wegen meiner genialen Idee. Sofort wurden durch ein Heer von Stabsbeamten neue Pläne erstellt. Denen zufolge wurden die Bürger der Stadt, während des Aufenthaltes ihres prominenten Sohnes aus derselben verbannt und durch politisch korrekte Polizeibeamte ersetzt. Eine organisatorische Aufgabe noch nie da gewesenen Ausmaßes war zu bewältigen.

Es mussten Beamte aus allen Teilen des Landes herangekarrt, mit Verhaltensmaßregeln und Verpflegung versorgt werden. Weiter musste in die Planung miteinbezogen werden, dass der Beamte die Verpflegung auch wieder entsorgt. Und vor allem musste das Jubeln geübt werden. Zunächst unauffällig in kleinen Gruppen, die zu immer größeren zusammengefasst wurden.
 Eine anerkennungswürdige Meisterleistung war die einstündige Generalprobe im Stadion der Landeshauptstadt unter Leitung eines Experten für Volkschöre.
 Der Herr Minister konnte kommen, seine Stadt hatte sich herausgeputzt, seine Polizisten das Jubeln gelernt.

Tag X, 7.35 Uhr.
 Anruf des Mannes, der vor einigen Tagen Tränen des Glücks an meiner Brust vergossen hatte. „Sie mit ihrer sch... Idee. Hälfte der Leute krank. Als Polizeibeamte zwar Jubeln auf Kommando gewohnt, aber nicht über drei Oktaven und nicht im zugigen Fußballstadion. Minister wird toben, wenn zu wenige Jubler zu seinen Füßen. Lassen Sie sich etwas einfallen, schließlich ist das ganze auf Ihrem Mist gewachsen!"

Nach kurzem Kopfrechnen war mir klar, dass nach Erkrankung der Hälfte nur noch fünfhundert Jubler zur Verfügung standen. Diese würden selbst bei Einhalten eines Zweimeterabstandes zum Nebenmann nur die Hälfte des Rathausplatzes ausfüllen.
 Lückenfüller mussten her und zwar fünfhundert an der Zahl.

Eintreffen Minister, 11.00 Uhr.
Maßnahme: Ergebnis:

Heldenklau: Fünfzig im Krankenstand befindliche Beamte aus den umliegenden Kliniken auf den Rathausplatz gebracht.

Rommeltaktik: Einhundert Schaufensterpuppen aus den umliegenden Kaufhäusern auf den Rathausplatz gebracht.

Denunziertaktik: Anonymer Anruf beim Amt für Bürgerservice. Mitgeteilt, dass kurz vor elf Uhr ein notorischer Falschparker sein Auto auf dem Rathausplatz abstellen wird = fünfzig Polizessen in Zivil.

Pakt mit dem Feind: Dreihundert Jubelprofis.

Taktisches Vorgehen bei ‚Pakt mit dem Feind':
Habe mich mit dem Chef der örtlichen Fußballfans in Verbindung gesetzt. Unter Zusage einer Generalamnestie für die kommenden drei Heimspiele erhielt ich im Gegenzug das Versprechen, dass dreihundert Mann Punkt elf Uhr meinen Anweisungen zum Jubeln Folge leisten würden. Als weitere Bedingungen wurden von mir akzeptiert: Verpflegung pro Mann mit einer Kiste Bier und zehn Bratwürsten, wahlweise mit Senf oder Ketchup.
Die Springerstiefel dürfen angelassen werden, ebenso die Bomberjacken. Dafür wird das übliche Absingen volkstümlichen Liedgutes unterlassen.
Ich war gerettet und mit mir die ganze Region.

Punkt elf Uhr wurde der berühmteste noch lebende Sohn der Stadt mit frenetischem Jubel auf seiner Loge empfangen. Jedem Wort aus dem Munde des Erhabenen folgten Beifallsstürme, die das Rathaus in seinen Grundfesten erzittern ließen. Während der gesamten Redezeit umspielten Sonnenstrahlen das Haupt des göttlichen Außenministers, welche ihm das Aussehen eines römischen Kaisers verliehen.
(Fragen Sie bitte nicht, was mich dieser Pakt gekostet hat.)

Note des Ministers für äußere Angelegenheiten der Bundesrepublik Deutschland an den Polizeipräsidenten:

Gerührt, bewegt, menschliche Wärme, Enthusiasmus, erfahren durfte, mein innigster Dank. Störungsfreier Verlauf, Gratulation, wie immer Verlass, Beförderungen.

Mitteilung des Pressesprechers der Bundesregierung:
Heimatstadt, überwältigender Empfang, zeigt Beliebtheit Außenminister, keinerlei Störung durch linke Elemente, signalisiert breite Zustimmung zur Politik der Bundesregierung, künftig häufigere Besuche, um Stadt und ihre Einwohner zu ehren.

Note des Chefs der örtlichen Fußballfans an mich:
War geil, Alter, machen wir mal wieder.

Note der Verwaltung an mich:
Auslagen nicht erstattungsfähig, auch nicht aus Titel für repräsentative Aufgaben.

Note meiner Hausbank:
Konto dringend ausgleichen, sonst sehen wir uns gezwungen ...

Was tut man nicht alles, um einen Außenminister glücklich zu machen und für die Karriere (seiner Vorgesetzten).
Übrigens, wenn Sie auf der Suche nach einem Nebenjob sind, meine Agentur für die Vermittlung professioneller Jubler vermittelt Sie weltweit gegen eine geringe Gebühr. Eine gründliche Einarbeitung garantiert unser ausgebildetes Fachpersonal. Bier und Bratwurst, wahlweise mit Senf oder Ketchup, sind gratis.

ERKLÄRUNGEN

Musterländle: Ort der Glückseligkeit

Baden-Württemberg: Siehe ‚Musterländle'

Tatort: Ort der Tat

Amtsstube: Ort ohne Tat

Frauen verstehende Softies: Fabelwesen

Brustimplantate: Wie Doping, alles Natur

Casanova: Siehe ‚Frauen verstehende Softies'

Israel: Musterländle des Nahen Ostens

Politiker: Experte, den keiner versteht

Experte: Siehe ‚Politiker', nur besser bezahlt

Lkw: Hauptnahrungsmittel des gemeinen Polizisten, neben Hamburger

Beamtenlaufbahn: Wüste Gobi für Staatsdiener

Expertenkommission: Sandkasten für Erwachsene

Untersuchungskommission: Arbeitsnachweis für Parlamentarier

Razzia: Planmäßiges, schlagartiges polizeiliches Vorgehen gegen Personen, die seit Wochen von der Razzia wissen

Aldi: Feinkost „Käfer" für Beamte

Allwissender: Polizeichef

Verwaltungsreform: Politikerdenkmal für Tauben

Mafia: Zusammenschluss honoriger Geschäftsleute zu einer Interessenvertretung (nicht mit Gasprom, Putin, Schröder, Müller und Co. zu verwechseln)

Russenmafia: Gasprom

Magen-Darm-Grippe: Mehrmals im Jahr auftretende dreitägige Geißel der Beamtenschaft

Staranwalt: Heiliger mit Hörnern, Klumpfuß und Dreizack

Langzeitstudie: Sandkastenspiele für Experten

Verwaltung: Nirwana für Beamte

Die Kriminalpolizei rät:
Spare Wasser, wasche deine Hände in Unschuld.

DIETMAR SCHLEGEL

Dietmar Schlegel, geboren 1957 im idyllischen Weinort Ellmendingen, lebt mit Frau und drei Kindern in Baden-Württemberg. Er arbeitet als Kriminalbeamter bei der Landespolizei.

Wie Carl Benz und Karl Drais hat er sich Karlsruhe, die Stadt des Rechts und Hauptstadt des badischen Landesteils, als Stätte seines Wirkens erkoren.

Printed in Germany
by Amazon Distribution
GmbH, Leipzig